天台刘阮传说

天台刘阮传说

总主编 褚子育

浙江省非物质文化遗产代表作丛书

浙江摄影出版社

孙明辉 徐永恩 编著

浙江省非物质文化遗产
代表作丛书编委会
（第四批国遗项目）

主　任 ◎ 褚子育　徐宇宁

副主任 ◎ 叶　菁　邢自霞　王　淼

编　委 ◎ 杨慧芳　董立国　胡　红　李慧辉

　　　　胡朝东　胡　雁　郑　峰　俞伟杰

　　　　管慧勇　潘邦顺　景迪云　李　虹

专家组 （按姓氏笔画为序）

　　　 ◎ 马来法　方剑乔　王全吉　王其全

　　　　毛芳军　卢竹音　吕洪年　朱德明

　　　　邬　勇　许林田　李　虹　吴露生

　　　　沈堂彪　陈华文　陈顺水　林　敏

　　　　季海波　周绍斌　宣炳善　祝汉明

　　　　徐金尧　徐宏图　蒋水荣

总　序

中共浙江省委书记
浙江省人大常委会主任　车俊

　　非物质文化遗产是一个民族的精神印记，是一个地方的文化瑰宝。浙江作为中华文明的重要发祥地，在悠久的历史长河中孕育了璀璨夺目、蔚为壮观的非物质文化遗产。隆重恢弘的轩辕祭典、大禹祭典、南孔祭典等，见证了浙江民俗的源远流长；引人入胜的白蛇传传说、梁祝传说、西施传说、济公传说等，展示了浙江民间文学的价值底蕴；婉转动听的越剧、绍剧、瓯剧、高腔、乱弹等，彰显了浙江传统戏剧的独特魅力；闻名遐迩的龙泉青瓷、绍兴黄酒、金华火腿、湖笔等，折射了浙江传统技艺的高超精湛……这些非物质文化遗产，鲜活而生动地记录了浙江人民的文化创造和精神追求。

　　习近平总书记在浙江工作期间，高度重视文化建设。他在"八八战略"重大决策部署中，明确提出要"进一步发挥浙江的人文优势，积极推进科教兴省、人才强省，加快建设文化大省"，亲自部署推动一系列传统文化保护利用的重点工作和重大工程，并先后6次对非物质文化遗产保护作出重要批示，为浙江文化的传承和复兴注入了时代活力、奠定了坚实基础。历届浙江省委坚定不移沿着习近平总书记指引的路子走下去，坚持一张蓝图绘到底，一年接着一年干，推动全省文化建设实现了从量的积累向质的飞跃，在打造全国非物质文化遗产保护高地上迈出了坚实的步伐。已经公布的四批国家级非物质文化遗产名录中，浙江以总数217项蝉联"四连冠"，这是文化浙江建设结出的又一硕果。

历史在赓续中前进，文化在传承中发展。党的十八大以来，习近平总书记站在建设社会主义文化强国的战略高度，对弘扬中华优秀传统文化作出一系列深刻阐述和重大部署，特别是在十九大报告中明确要求，加强文物保护利用和文化遗产保护传承。这些都为新时代非物质文化遗产保护工作指明了前进方向。我们要以更加强烈的文化自觉，进一步深入挖掘浙江非物质文化遗产所蕴含的思想观念、人文精神、道德规范，结合时代要求加以创造性转化、实现创新性发展，努力使优秀传统文化活起来、传下去，不断满足浙江人民的精神文化需求、丰富浙江人民的精神家园。我们要以更加坚定的文化自信，进一步加强对外文化交流互鉴，积极推动浙江的非物质文化遗产走出国门、走向世界，讲好浙江非遗故事，发出中华文明强音，让世界借由非物质文化遗产这个窗口更全面地认识浙江、更真实地读懂中国。

现在摆在大家面前的这套丛书，深入挖掘浙江非物质文化遗产代表作的丰富内涵和传承脉络，是浙江文化研究工程的优秀成果，是浙江重要的"地域文化档案"。从2007年开始启动编撰，到本次第四批30个项目成书，这项历时12年的浩大文化研究工程终于画上了一个圆满句号。我相信，这套丛书将有助于广大读者了解浙江的灿烂文化，也可以为推进文化浙江建设和非物质文化遗产保护提供有益的启发。

前 言

浙江省文化和旅游厅党组书记、厅长　褚子育

　　"东南形胜，三吴都会，钱塘自古繁华。"秀美的河山、悠久的历史、丰厚的人文资源，共同孕育了浙江多彩而又别具特色的文化，在浙江大地上散落了无数的文化瑰宝和遗珠。非物质文化遗产保护工程，在搜集、整理、传播和滋养优秀传统文化中发挥了巨大的作用，浙江也无愧于走在前列的要求。截至目前，浙江共有8个项目列入联合国教科文组织人类非遗代表作名录、2个项目列入急需保护的非遗名录；2006年以来，国务院先后公布了四批国家级非物质文化遗产名录，浙江217个项目上榜，蝉联"四连冠"；此外，浙江还拥有886个省级非遗项目、5905个市级非遗项目、14544个县级非遗项目。这些非物质文化遗产，是浙江历史的生动见证，是浙江文化的重要体现，也是中华优秀传统文化的结晶，华夏文明的瑰宝。

　　如果将每一个"国家级非遗项目"比作一座宝藏，那么您面前的这本"普及读本"，就是探寻和解码宝藏的一把钥匙。这217册读本，分别从自然环境、历史人文、传承谱系、代表人物、典型作品、保护发展等入手，图文并茂，深入浅出，多角度、多层面地揭示浙江优秀传统文化的丰富内涵，展现浙江人民的精神追求，彰显出浙江深厚的文化软实力，堪

称我省非遗保护事业不断向纵深推进的重要标识。

这套丛书，历时12年，凝聚了全省各地文化干部、非遗工作者和乡土专家的心血和汗水：他们奔走于乡间田野，专注于青灯黄卷，记录、整理了大量流失在民间的一手资料。丛书的出版，也得到了各级党政领导，各地文化部门、出版部门等的大力支持！作为该书的总主编，我心怀敬意和感激，在此谨向为这套丛书的编纂出版付出辛勤劳动，给予热情支持的所有同志，表达由衷的谢意！

习近平总书记指出："每一种文明都延续着一个国家和民族的精神血脉，既需要薪火相传、代代守护，更需要与时俱进、勇于创新。"省委书记车俊为丛书撰写了总序，明确要求我们讲好浙江非遗故事，发出中华文明强音，让世界借由非物质文化遗产这个窗口更全面地认识浙江、更真实地读懂中国。

新形势、新任务、新要求，全省文化和旅游工作者能够肩负起这一光荣的使命和担当，进一步推动非遗创造性转化和创新性发展，讲好浙江故事，让历史文化、民俗文化"活起来"；充分利用我省地理风貌多样、文化丰富多彩的优势，保护传承好千百年来文明演化积淀下来的优秀传统文化，进一步激活数量巨大、类型多样、斑斓多姿的文化资源存量,唤醒非物质文化遗产所蕴含的无穷魅力,努力展现"浙江文化"风采,塑造"文化浙江"形象,让浙江的文脉延续兴旺,为奋力推进浙江"两个高水平"建设提俱精神动力、智力支持,为践行"'八八战略'再深化,改革开放再出发"注入新的文化活力。

目录

天台县位于浙江省中东部，三国时吴大帝于黄龙三年（231）设县，因境内天台山而得名。自古以来，儒、释、道三教在这里并存，互相交融，互相渗透，留下灿烂的文化，素有"文化之邦""浙东名邑""小邹鲁"之美誉。天台山是国家重点风景名胜区，国家5A级旅游区，天台县为"中国和合文化传承基地"。

刘阮传说是流传于天台山一带关于刘晨、阮肇采药遇仙的神话爱情故事。相传东汉永平五年（62），剡溪（今嵊州市）郎中刘晨、阮肇入天台山采药迷路，幸遇仙女搭救，双双结为伉俪。从东汉时起，刘阮传说就在天台民间口耳相传，后经文人的记叙而流传更广。南朝的《幽明录》、宋代的《太平广记》都有记载。唐代以后，出现了民间口耳相传与文人采写创作并存互动的态势，浪漫而唯美的人仙爱情传说在各种文学体裁中屡屡出现，刘阮传说成为被引用最多的经典传说之一。除了民间口头相传外，它还延伸到戏剧、曲艺、工艺、美术等领域，影响广泛。刘阮传说的发生地——天台山"桃源春晓"，早在元代就被列入天台八景，传说中的天台乌药、围棋等已经与当地的经济、文化相融合，成为当地品牌。

刘阮传说围绕刘晨、阮肇入天台山采药遇仙、结缘成亲、回乡送别、重返桃源、修炼得道、悬壶济世、为民造福的主线展开，概括起来有四方面内容，即刘阮采药遇仙、与仙女双双结缘的传说，刘阮修炼得道、为民造福传说，天台山桃源山水景观传说，与刘阮遇仙相关的风俗风物传说。从20世纪70年代末开始，天台县文化部门组织人员下乡采风，搜集、整理刘阮传说，并陆续在报刊上发表、出版传说集。根据传说改编的戏剧、舞蹈、影视剧、音乐剧等，屡屡在天台城乡上演。尤其在传说发生地天台县白鹤镇，当地民众对世代相传的刘阮传说十分喜爱。2005年开始，天台县重视非物质文化遗产的保护与传承，县文化部门对刘阮传说的渊源、文化价值、历史影响以及与传说相关的自然景观和人文景观等进行了系统的整理。2013年，天台县与新昌县分别在两地组织人员采风，联合编印《刘阮传说》一书，并召开刘阮传说保护与传承座谈会、研讨会，为进一步的保护与传承打下了基础。2014年12月，刘阮传说被列入第四批国家级非物质文化遗产代表性项目名录。

值此书出版之际，向一直以来为刘阮传说的搜集、整理、传承、保护付出辛勤劳动的文化工作者、传说传承人、相关单位的领导和同志以及上级文化主管部门表示诚挚的谢意。

天台县人民政府副县长　倪海燕

一、概述

刘阮传说是人仙相恋的爱情故事，也是富有传奇色彩的道家传说，传说的发生地在浙东的天台山，而二位男主角刘晨、阮肇则来自浙东的剡县。千年来，刘阮传说在天台民间口耳相传，后经文人的记叙而流传更广。

一、概述

　　桃花烂漫，仙女飘然，两位采药的后生与两位清丽的仙女，在这如诗如画的境界里，陶醉在爱的花雨中……

　　刘阮遇仙的传说，在桃花缤纷的时节诞生了。最初或许是出自采药人之口，随后在民间流传开来。天台山，以"佛宗道源"享誉天下。道家讲"洞天福地"，道书中第六大洞天、第六十福地均位于此。在这山清水秀、仙雾缭绕的地方，孕育出这样一个优美的传说，一切似乎理所当然。

　　东汉永平五年（62）的春天，天台山的谷壑间来了两位采药的后生，一个叫刘晨，一个叫阮肇，两人是从百里外的剡县翻山越岭而来。他俩攀藤登崖，蹚溪涉水，在山谷间迷失了方向。二人抖尽粮袋，奄奄一息地倚靠在岩石下，忽听得一阵银铃般的笑声随风而至。二人一惊：这人烟稀少的山沟里，怎么会有姑娘的笑声？山崖上长着一棵结满果实的桃树，身边流淌的溪水中竟漂来一碗胡麻饭。惶惑又有些惊异的后生顺流寻去，桃花丛中出现了两位妙龄女子，二女一见面就喊出他们的名字。恍然如梦的两个后生跟着女子来到桃花掩映的山洞里。

在桃花丛中，在琴瑟一般的泉声里，两个后生与两位仙女坠入爱河。美丽的仙女采药做饭，黄昏时分，他们在洞中摆开棋盘，对弈为乐。半年后，两后生回乡心切，仙女见状，以仙药相赠，依依相送。回村的后生，人面相逢不相识，离家时栽下的小树苗竟成了参天古树，"仙境半年，人间却已过了三百年"。东晋太元八年（383），刘晨、阮肇再次回到天台的桃源，可此时，两位仙女已被王母镇化为双女峰。悲痛的刘阮二人在桃源搭了间茅舍，种药施医，与双女峰相伴永远……

这是天台山人仙结缘的爱情传说，起源时间无从考证，数千年来，刘阮传说在天台民间口耳相传，后经文人的记叙而流传更广。

［壹］刘阮传说的起源

刘阮传说是人仙相恋的爱情故事，也是富有传奇色彩的道家传说，传说的发生地在浙东的天台山，而二位男主角刘晨、阮肇则来自浙东的剡县。

一、天台山秀丽山水是刘阮传说产生的温床

天台山又称台岳，位于浙东丘陵南部，属仙霞岭山脉东北端，呈西南—东北走向，是甬江和曹娥江的分水岭，平均海拔500米以上。山形高大，西南囊括苍、雁荡，西北连四明、金华，蜿蜒东海之滨，延伸入海，形成舟山群岛。主峰华顶峰在天台县境内，海拔1098米。自古以来，天台山就以"山水神秀，佛宗道源"闻名遐迩。南朝梁陶

弘景《真诰》谓："（天台山）高一万八千丈，周回八百里，山有八重，四面如一，当牛女之分，以其上应台宿，光辅紫宸，故名天台。"

刘阮传说源于天台山，周边的新昌县、嵊州市、余姚市、宁波市、宁海县、缙云县等地都留有与传说相关的名胜古迹。东晋孙绰《游天台山赋》云：

> 天台山者，盖山岳之神秀者也。涉海则有方丈、蓬莱，登陆则有四明、天台。皆玄圣之所游化，灵仙之所窟宅。夫其峻极之状、嘉祥之美，穷山海之瑰富，尽人情之壮丽矣。所以不列于五岳、阙载于常典者，岂不以所立冥奥，其路幽迥。或倒景于重溪，或匿峰于千岭；始经魑魅之涂，卒践无人之境；举世罕能登陟，王者莫由堙祀，故事绝于常篇，名标于奇纪。

古人对深山老林充满敬畏，深山里有没有神仙、鬼怪，是古人经常思考的问题。既然天台山乃玄圣游化、灵仙居住、五百罗汉应真之地，与方丈、蓬莱并称，那么产生遇仙故事也实属应当。

在众多史志中，刘阮遇仙的地方就是浙江省天台县城西北二十余里的桃源坑，今属天台县白鹤镇天宫办事处。元代起，"桃源春晓"即为天台八景之一。桃源坑（天台当地将"山谷"称为"山坑"），文人称之为惆怅溪，在白鹤镇山头严汇入三茅溪。这是一处

天台山

天台桃源

天台桃源洞

深峻的山谷，崖壁对峙，谷底瀑泉潺潺，碧潭映天，有桃源洞、迷仙坞、仙女浴盆、金桥潭、会仙石、双女峰、合翠峰、惆怅溪、俪仙馆等景点。

惆怅溪在地图上像一支三叉戟，溪流贯通整个桃源。桃源洞就在桃源坑上游阳坑西边，为一高一矮两个石洞，据说高洞为刘阮与仙女共居处，矮洞是侍女居住的地方。两洞一东一南，大小相类，均似一张大床，能躺二三人。两洞非常隐蔽，洞上草木茂盛，洞口藤蔓倒挂，杂花生树。

桃源坑外有护国寺，惆怅溪畔有上宝相村、下宝相村，山上有水磨岭村。

俪仙馆位于坑口，最早建于明万历年间，始建者为地理学家王士性。他一生游历天台山不下十次，深深爱上桃源，于是在桃源坑口筑俪仙馆，植桃种茶，还赊置田地，在此安度晚年，著有游记《五岳游草》，其中有《入天台山志》。20世纪80年代，上宝相村老人协会集资重建俪仙馆，一层三开间，门楣题"俪仙馆"，馆内供奉刘晨、阮肇及二位仙女彩塑坐像。农历初一、十五，均有信众来此诵经祈祷。

桃源坑两岸青山如画，循溪而上，绿水如湖绸舒

金桥潭

展，可见仙女浴盆、老龙喷水等景。坑中有三峰鼎峙，以双女峰最为著名。深山藏古寺，桃源深处的阳坑原本有两座古寺，一为慈云寺，一为西定慧寺。

如日本民俗学家柳田国男所说："传说的核心，必有纪念物。无论楼台庙宇、寺社庵观，也无论陵丘墓冢、宅门户院，总有个灵光的

俪仙馆

圣址，信仰的靶的，也可谓之传说发源的故地，成为一个中心。"天台山有着多处"洞天福地"。"洞天福地"的概念大概形成于南北朝时期。天台赤城山的玉京洞在道书"十大洞天"中列第六，桐柏山的金庭洞在"三十六小洞天"中列第二十七，司马悔山在"七十二福地"中列第六十，这些与道家修道成仙有着密切关系的"洞天福地"为刘阮采药遇仙、结成伉俪的故事的产生提供了客观条件。天台山的桃源洞在桃源深处的崖缝间，新昌县刘门山的桃源洞也在高山之上，可见在人们心中，这些飘浮着云雾仙气的洞穴就是人仙爱情的洞房。

二、天台山历史文化是刘阮传说的依托

天台山是一座"仙山",曾留下许多关于高道修仙的传说。道书中,黄帝在天台山受金液神丹(琼台有黄帝祭坛);太清真人彭宗曾治赤城;周灵王太子王子乔从天台山浮丘公学道,后驾鹤升天;九天仆射伯夷、叔齐治桐柏(天台山桐柏宫现存唐代伯夷、叔齐石像);三茅真君往来于句曲、天台山间。其中以王子乔的影响最大,他既是天台山山神,又是日本天台宗总本山——比睿山山神,既是佛教天台宗的护法伽蓝,又是日本天台神道的护法神。

天台山为越国的祭天之台,即祭天坛,王子乔就是凭天台山浮丘公赐给的灵药飞升上天的。相传,秦朝著名方士徐福入天台山,找到了灵药——天台乌药,然后率三千童男童女漂洋过海,东渡日本,日本也把天台乌药当成长生不老药。三国吴赤乌二年(239),葛玄来天台桐柏山炼丹,吴大帝孙权为其建造桐柏观,同年,葛玄还建造了妙乐院、法轮院。天台山还是五百罗汉道场,《西域记》云"佛言震旦天台山方广圣寺,五百罗汉居焉"。

赤乌年间,天台山道教、佛教开始盛行,道教庙宇有焦山庙、峇山庙、峇嵧庙、折山庙等,佛教庙宇有兴教院、清化院、翠屏庵等。民间盛传的人物故事,大多与巫、道有关,是天台民俗文化的充分反映,祛病延寿、得道成仙,即通过修炼获得健康,是平民乃至上层的梦想。刘晨、阮肇入天台山采药迷路,遇"天台二女"的故事,便应

运而生。刘阮传说"误入桃源——遇仙成亲——神仙生活——思乡返家——人间已过数世"的脉络，正好反映出当时人们对洞天福地、仙境一般幸福生活的向往，仙境岁月的悠长与人世间的时光短暂形成了强烈对比。

三、天台山丰富的物产、众多的药材是刘阮传说的引线

"神泉自流，琪树不栽，弥山药草，满谷丹材"（清潘耒《华峰顶》），天台山层峦叠嶂，森林茂密，气候温和湿润，是著名的药材产地。清齐召南《天台山方外志要》卷九"物产"中记载："昔刘阮采药桃源，人每乐道其事。则山之产药，其来已久，近更品汇滋繁，异兽奇禽……"书中载录有名的"药类"乌药、何首乌、茯苓、白术、鹿草、黄连、挂兰、菖蒲等，有名的"食类"黄精、青精饭、五芝、薯蓣、孟菜、茶、山粟、苣盛子、橡斗子、蕨粉、黄独等。《天台县志》中记载："（天台山）药用植物有459种，分隶于111科，其中裸子植物8种、被子植物（双子叶和单子叶）420种、蕨类23种、菌类8种。以根或根茎入药的有白术、乌药、半夏、草乌、何首乌、三七、香附、地榆、前胡、丹参、党参、桔梗、七叶一枝花、粉草薢等，以叶入药的有淡竹叶、侧柏叶、桑叶、石楠叶、紫苏叶、荷叶等，以花入药的有金银花、野菊花、夏枯球、望春花、小春花、月季花、木槿花等，以果实入药的有山楂、山栀、米仁、青皮、女贞子、杏仁、桃仁、苏子、覆盆子等，以全草入药的有鱼腥草、半枝莲、垂盆草、益母草、鹅不食草、半边

莲、连钱草等，以藤本入药的有夜交藤、忍冬藤、络石藤、青枫藤、天仙藤、勾藤、鸟不宿等，以皮入药的有紫金皮、杜仲、厚朴、黄檗、黄瓜皮等，以菌类入药的有茯苓、灵芝、银耳、天麻、竹荪等。"《本草》记载："百药祖、黄寮郎、催风使、含春藤、石南藤、清风藤、耆婆藤、天寿根、千里急、紫葛、乌药、百棱藤十二品皆出天台山。"乌药、黄精、石斛、白术为天台有名的道地药材，尤其天台乌药闻名遐迩，《图经本草》云："今台州、雷州、衡州皆有之，以天台者为胜。"相传刘晨、阮肇为替百姓疗疾来天台山采药，采的就是天台乌药。因此，天台山丰富的药材是刘阮传说的引线。

[贰] 刘阮传说的发展

一、刘阮传说载入六朝志怪小说辑本

在六朝志怪小说中，刘阮传说是一个特别脍炙人口的故事。现在可查的最早文字记载为东晋干宝的《天台二女》（录入宋代《太平广记》），晋陶潜《搜神后记》、南朝宋刘义庆《幽明录》、梁吴均《续齐谐记》都记载着这个故事。

太平广记·天台二女

刘晨、阮肇入天台采药，远不得返，经十三日，饥。遥望山上有桃树，子熟，遂跻险援葛至其下，啖数枚，饥止体充。欲下山，以杯取水，见芜菁叶流下，甚鲜妍。复有一杯流下，有胡麻饭焉。乃相谓曰：

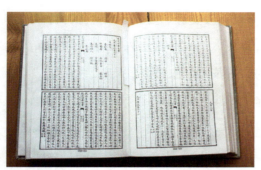

宋《太平广记·天台二女》

"此近人矣。"遂渡山。出一大溪，溪边有二女子，色甚美，见二人持杯，便笑曰："刘、阮二郎捉向杯来。"刘、阮惊。二女遂忻然如旧相识，曰："来何晚耶？"因邀还家。南壁东壁各有绛罗帐，帐角悬铃，上有金银交错。各有数侍婢使令，其馔有胡麻饭、山羊脯、牛肉，甚美。食毕行酒。俄有群女持桃子，笑曰："祝汝婿来。"酒酣作乐，夜后各就一帐宿，婉态殊绝。至十日求还，苦留半年，气候草木，常是春时，百鸟啼鸣，更怀乡。归思甚苦。女遂相送，指示还路。乡邑零落，已十世矣。

幽明录·刘晨阮肇

汉明帝永平五年，剡县刘晨、阮肇共入天台山，迷不得返。经十三日，粮食乏尽，饥馁殆死。遥望山上有一桃树，大有子实，而绝岩邃涧，永无登路。攀援藤葛，乃得至上。各啖数枚，而饥止体充。复下山，持杯取水，欲盥漱，见芜菁叶从山腹流出，甚新鲜，复一杯流出，有胡麻糁。相谓曰："此知去人径不远。"便共没水，逆流二三里。

得度山，出一大溪。溪边有二女子，姿质妙绝。见二人持杯出，便笑曰："刘、阮二郎捉向所流杯来。"晨、肇既不识之，缘二女便呼其姓，似如有旧，乃相见而悉。问："来何晚耶？"因邀还家。

其家筒瓦屋，南壁及东壁各有一大床，皆施绛罗帐，帐角悬铃，金银交错。床头各有十侍婢。敕云："刘、阮二郎，经陟山岨，向虽得琼实，犹尚虚弊，可速作食！"食胡麻饭、山羊脯、牛肉，甚甘美。食毕，行酒，有一群女来，各持五三桃子，笑而言："贺汝婿来。"酒酣作乐，刘、阮欣怖交并。至暮，令各就一帐宿，女往就之，言声轻婉，令

《幽明录·刘晨阮肇》

人忘忧。

十日后，欲求还去，女云："君已来是，宿福所牵，何复欲还耶？"遂停半年。气候草木是春时，百鸟啼鸣，更怀悲思，求归甚苦。女曰："罪牵君，当可如何？"遂呼前来女子，有三四十人，集会奏乐，共送刘、阮，指示还路。

既出，亲旧零落，邑屋改异，无复相识。问讯得七世孙，传闻上世入山，迷不得归。至晋太元八年，忽复去，不知所所。

从这两篇文字看，刘阮遇仙的传说有年份、有地点、有人物。传说发生地是浙江天台山，传说中的人物有刘晨、阮肇（来自剡溪，也就是今天的嵊州，上天台山采药），还有二位仙女（均无名字）。在刘义庆《幽明录》中，有故事发生的具体时间，即汉明帝永平五年（62），更重要的是还有完整的故事情节。刘、阮二人上天台山采药，迷路，饿昏，幸遇二仙女搭救，并双双结为伉俪。半年后，刘、阮二人思乡，仙女相送；回到家乡，人面不识。东晋太元八年（383），刘、阮二人又回到天台山。故事从汉明帝永平五年至东晋太元八年，也就是公元62年到383年，历时321年。传说中的刘、阮二人都是攀崖摘桃，沿着大溪寻见仙女，仙女给刘、阮二人胡麻饭、山羊脯等情节基本一致。

干宝是最早记载这个传说的人。干宝（283—351），字令升，新蔡（今河南新蔡）人，东晋文学家、史学家，著述颇丰，主要有《周易注》《搜神记》等。晋元帝时任佐著作郎，奉命领修国史，后经王导提拔为司徒右长史，升任散骑常侍。《搜神记》是一部志怪小说，记录了一大批古代的神话传说和奇闻轶事，内容丰富，情节曲折，艺术价值很高，在中国小说史上有着极其深远的影响，被称作志怪小说的鼻祖。鲁迅先生曾说："六朝人之志怪，却大抵一如今日之记新闻，在当时并非有意做小说。"由此可见，这个传说是干宝从坊间听得后记录，至于从何人口中得到，已无法考证。《搜神记》的写作年代大约在建武至永和八年，即公元317年至352年左右，也就是说，在刘阮天台遇仙的故事发生二百多年之后，就有了文字记载。

刘义庆（403—444）是南朝宋文学家，字季伯，原籍彭城（今江苏徐州），世居京口（今江苏镇江），南朝宋宗室，曾任荆州刺史、江州刺史。除《世说新语》外，刘义庆还著有志怪小说《幽明录》。《幽明录》，亦作《幽冥录》《幽冥记》，是刘义庆集门客所撰。《周易·系辞》"是故知幽明之故"，注称"幽明，有形无形之象"，书中所记鬼神灵怪之事变幻无常，合于此意，故取此名。刘阮传说经刘义庆进一步描绘，故事情节更完整，人物形象更臻完美。

陶渊明（约365—427）是中国第一位田园诗人，被称为"古今隐逸诗人之宗"。在他的《搜神后记》中有一篇《袁相根硕》，记录了一则与刘阮遇仙极为相似的传说。这个故事，实际上就是所谓"洞中方七日，世上已千年"的典型概括：

> 会稽剡县民袁相、根硕二人猎，经深山重岭甚多，见一群山羊六七头，逐之。经一石桥，甚狭而峻。羊去，根等亦随渡，向绝崖。崖正赤，壁立，名曰赤城。上有水流下，广狭如匹布，剡人谓之瀑布。羊径有山穴如门，豁然而过。既入，内甚平敞，草木皆香。有一小屋，二女子住其中，年皆十五六，容色甚美，着青衣，一名莹珠，一名洁玉。见二人至，欣然云："早望汝来。"遂为室家。忽二女出行，云复有得婿者，往庆之。曳履于绝岩上行，琅琅然。二人思归，潜去归路。二女已知，追还，乃谓曰："自可去。"乃以一腕囊与根等，语曰："慎勿开也。"于是乃归。后出行，家人开视其囊，囊如莲花，一重去，一重复，至五盖，中有小青鸟，飞去。根还知此，怅然而已。后根于田中耕，家依常饷之，见在田中不动，就视，但有壳如蝉蜕也。

陶渊明的《袁相根硕》同样讲人仙爱情故事，只是将剡县的刘晨、阮肇换成了袁相、根硕，采药郎变成了打猎人，虽然没写明是在天台山，但写到了天台山的标志性胜迹石桥、赤城山。

《续齐谐记》也是一本志怪小说集，撰写者为南朝梁吴均（469—520），其中录有刘晨、阮肇故事：

汉明帝永平中，剡县有刘晨、阮肇，入天台山采药，迷失道路，粮尽，望山头有桃，共取食之，如觉少健。下山，得涧水饮之，并澡洗，望见蔓菁叶从山后出，次有一杯流出，中有胡麻饭屑，二人相谓曰："去人不远。"因过水，行一里，又度一山，出大溪，见二女，颜容绝妙，世未有。便唤刘、阮姓名，如有旧，喜问："郎等来何晚？"因邀过家，留馆。服饰精华，东西各有床，帐帷设有七宝璎珞，非世所有。左右悉青衣，端正，都无男子。须臾，进胡麻饭、山羊脯，甚美，又设甘酒，有数十客将三五桃至，云："来庆女婿。"各出乐器，歌调作乐。日向暮，仙女各还去，刘、阮就所邀女家止宿，行夫妇之道。留十五日，求还。女曰："来此皆是宿福所招，得与仙女交接，流俗何所乐？"遂住半年，天气和适，常如三二月，百鸟哀鸣悲思，求归甚切，女曰："罪根未灭，使君子如此。"更唤诸仙女共作歌吹送刘、阮："从此山洞口去，不远至大道。"随其言，得还家乡，并无相识，乡里怪异，乃验得七代子孙，传闻上祖入山不出，不知何在，既无亲属，泊栖无所，却欲还女家，寻山路，不获。至太康八年，失二人所在。

（以上转引自唐李瀚撰、宋徐子光《蒙自集注》）

各书所记的刘、阮二人都是攀崖摘桃，沿着大溪寻见仙女，仙女给刘、阮二人胡麻饭、山羊脯等。《幽明录》《续齐谐记》补充了刘阮遇仙的时间和地点。刘阮遇仙故事形成于东汉时期的浙东地区，

反映了人们对和平生活的向往和对美好爱情的追求。此故事在各地
多有衍变。

二、刘阮传说载入方志

自宋代起，刘阮传说就被收入官修或私人纂修的方志。在刘阮
传说的发生地——浙江东部一带，方志中都记录有刘阮传说的遗
迹，特别是台州、绍兴、天台、新昌的方志中，记录得更为详细。

南宋陈耆卿《嘉定赤城志》载：

> 刘阮洞，在县西北二十里。先是汉永平中有刘晨、阮肇入山采
> 药失道，见桃实食之，觉身轻。行数里，至溪浒，有二女方笄，笑迎以

《嘉定赤城志》中的"刘阮洞"

归，留半载谢去，至家，子孙已七世矣（见《续齐谐记》）。国朝景祐中，僧明照亦因采药见金桥跨水，有二女戏水上，恍然如故事焉。乃疏凿为亭，植桃纷拥，令郑至道为即景物之胜，随处命名，时人争为赋诗。今旧观湮没，惟亭存。（卷二十一）

刘晨、阮肇，永平中入天台山，采药失道，遇二女焉。详见刘阮洞。《幽明录》作刘晟。（卷三十五）

南宋《剡录》卷三"仙道"：

刘晨、阮肇，剡县人。汉明帝永平十五年，采药于天台山，望山头有一桃树，取食之。又流水中有胡麻饭屑，二人相谓曰："去人不远。"因过水，深四尺许。行一里，又度一山，出大溪，见二女颜容绝妙，便唤刘、阮姓名，问："郎来何晚也？"馆服精华，东西纬缦宝络，左右尽青衣，下胡麻饭、山羊脯；设甘酒，歌调作乐，日暮止宿。住半年，天气和适，常如二三月。鸟鸣悲惨，求归甚切，女唤诸仙女歌吹送还乡。乡中怪异，验得七代子孙，传闻祖翁入山，不知何在。太康八年，失二公所在。剡有桃源，在县三里，旧经曰："刘阮入天台遇仙，此其居也。"

南宋《嘉泰会稽志》：

> 刘门山，县东南三十里。汉
> 永平中刘晨、阮肇自剡采药至此
> 山，有刘阮祠、山亭、采药径，山
> 下居民多姓刘者。

《嘉泰会稽志》中"刘门山"

明代传灯《天台山方外志》：

> 刘阮洞，又名桃源洞，在县西北二十里十四都，护国寺东北。先
> 是汉永平中有刘晨、阮肇入山采药失道，见桃实食之，觉身轻。行数
> 里，至溪浒，有二女方笄，笑迎以归，留半载谢去，至家，子孙已七世
> 矣。宋景祐中，僧明照亦因采药见金桥跨水，有二女戏水上，恍然如
> 故事焉，乃疏凿为亭，植桃纷拥。元祐二年，邑令郑至道始凿山开道，
> 夹岸植桃数百本，仍即景物之胜而命名之。随山曲折，水穷道尽，则
> 有洞潜通山底，深不可测，其林木瑰异，殆不类人间。乃即山石为址，
> 结亭其上，榜曰浮杯，郑侯为记。（卷三"刘阮洞"）

> 汉永平五年，剡县刘晨、阮肇共入天台山，迷不得返。经十三
> 日，粮尽饥馁殆死。遥望山上有一桃树，大有子实，永无登路，攀援

藤葛，乃得上。各啖数枚，而饥止
体充。复下山，持杯取水，欲盥漱，
见芜菁叶从山腹流出，甚新鲜，复
一杯流出，有胡麻糁。便共没水，
逆流二三里，得度山。出一大溪，
溪边有二女子，姿质妙绝，见二人
持杯出，便笑曰："刘阮二郎捉向
所流杯来。'晨、肇既不识之，缘
二女便呼其姓，似如有旧，乃相见
而悉。问：'来何晚耶？"因邀还
家。其家铜瓦屋，南壁及东壁各有
一大床，皆施绛罗帐，帐角悬铃，
金银交错。床头各有十侍婢，敕
云："刘、阮二郎，经陟山岨，向虽
得琼实，犹尚虚弊，可速作食。"食
胡麻饭、山羊脯、牛肉，甚甘美。食
毕行酒，有一群女来，各持五三
桃子，笑曰："贺汝婿来。"酒酣作
乐，暮令各就一帐宿，女往就之，
言声轻婉，令人忘忧。遂停半年，

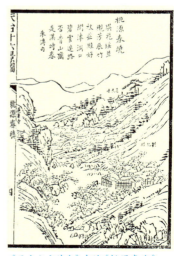

《天台山方外志》中的"刘阮洞"

《天台山方外志》中的《桃源春晓》

气候草木是春时，百鸟啼鸣，更怀悲思，求归甚苦。女曰："罪使君思家，当可如何？"遂呼前来女子，有三四十人，集会奏乐，共送刘、阮，指示还路。既出，亲旧零落，邑屋改异，无复相识。问讯得七世孙，传闻上世入山，迷不得归。至晋太元八年，忽复去，不知所。（卷九"神仙考·东汉刘晨阮肇"）

明万历《绍兴府志》：

刘晨、阮肇，剡人，于东汉永平中入天台山采药，经十三日不得返，采山上桃食之，下山以杯取水，见芜菁叶流下，甚鲜，复有胡麻饭一杯流下。二人相谓曰："去人不远矣。"乃渡水，又过一山，见二女，容颜妙绝，呼晨、肇姓名，问郎来何晚也。因相款待，行酒作乐。被留半年，求归，至家，子孙已七世矣。

明万历《新昌县志》：

县东三十五里，沿溪而上有阮公坛。

清代《天台山方外志要》：

桃源山在县二十里十四都，护国寺东北。自溪入山，路随水转，两山岩石幽峭，绣壁云涌，有如画屏，丹青妍媚，经外内二水帘，见双髻峰缥缈，天半有洞深远，可望而不可即焉。其洞曰刘阮洞，其矶石曰会仙石，其水曰惆怅溪。先是汉永平五年，有刘晨、阮肇入山采药，迷不得返，见桃实食之，觉身轻，行数里，至溪浒，有二女方笄，笑迎以归，留半载，谢去，至家，子孙已七世矣。宋景祐中，僧明照亦因采药见金桥跨水，有二女戏水上，照叱之曰："山鬼伎俩，复欲魅道人耶？"遂隐。元祐二年，邑令郑至道始凿山开道，夹岸植桃数百本，仍即景物之胜而命名之。山水曲折，林木瑰异，殆不类人间，乃即山石为址，结亭其上，榜曰浮杯，郑侯为记。（卷一"桃源山"）

清《一统志·绍兴府·山川》：

刘门山下有采药径，相传刘晨、阮肇采药处。

《古今图书集成·山川典第一一六卷"天姥山部"》：

天姥岑，在浙江绍兴府新昌县东五十里……即刘晨、阮肇入天台迷路处也。

清《浙江通志》卷十三"山川"：

武陵山，《鄞县志》，距城四十里，嘉靖《宁波府志》旧传，刘阮采药于此，至今桃花万树，春月盛开如锦绮。

清《浙江通志》卷十五"山川"：

（新昌）刘门山，《嘉泰会稽志》，在县东三十里，相传刘晨、阮肇自剡采药到此，山有刘阮祠、采药径。

清《浙江通志》卷十六"山川"：

（天台）桃源洞，《名胜志》，在县西北二十里，一名刘阮洞。《续齐谐记》，汉永平中，有刘晨、阮肇入山采药，迷道，得桃实食之，觉身轻。行数里，至溪浒，有二女方笄，笑迎以归。留半载，谢去，至家，子孙已七世矣。

清《浙江通志》卷二百"仙释"：

刘晨、阮肇，《方舆胜览》，剡人，永平中入天台山采药，失道，食尽，见栗实食之，觉身轻。行数里，至溪浒，持杯取水，见一杯流出，有胡麻糁。溪边有二女子笑曰："刘阮二郎捉向所失流杯来。"便迎归，作食有胡麻饭、山羊脯，甚美。后欲求去，集会奏乐，共送刘阮，指示原路。既出，无复相识，至家，子孙已七世矣。

民国《新昌县志》：

民国《新昌县志》中的"桃源洞"

桃源洞，在刘门山中，即上所云刘晨、阮肇遇仙于此。

1983年版《嵊县地名志》：

阮庙：相传为脍炙人口的刘阮入天台采药故事中的阮肇故宅。据《嵊县志》记载，汉永平五年，剡人刘晨、阮肇入天台采药，粮尽腹饥，忽见溪流中有胡麻饭屑，乃溯溪而上寻之，果见两女，容颜绝妙，女竟唤郎何来晚也，留归款待如亲人。半年乃返，人间已是第七代子孙。世人建阮仙翁庙祀之。宋王十朋《阮仙翁旧宅诗》云："再入山中去，烟霞锁翠微。故乡遗宅在，何日更来归。"庙在公社社址旁。

阮庙村：中爱公社，阮庙大队驻地。《嵊县志》记载，在阮肇旧居建设有阮仙翁庙，简称阮庙，村以庙得名，位于县城南4公里处的平地，村呈方形，四周都是良田。杭温公路从村西通过。

1994年版《新昌县志》：

刘门山，在县东15公里桃源乡境内，居沃州、天姥间，群峰攒簇，烟霞迷离，因刘阮遇仙故事而名声大噪。《幽明录》《齐谐记》《神仙记》俱详载其事。

东汉明帝永平五年（62），剡人刘晨、阮肇入天台山采药，迷路乏食，摘桃充饥，沿溪行，遇二女，姿态妙绝，相邀还家，殷勤款待，结为伉俪。住半年，春鸟悲啼，思归，出山至家，无复旧居，已历七世。晋太元八年（383），刘阮复去，寻仙无着，徘徊惆怅溪头，不知所终。故事流传极广，为六朝小说名篇。历代名士曹唐、元稹、王十朋、阮鄂、齐召南、袁枚等为此留下华章。元曲大家马致远作杂剧《刘阮上天台》。

刘门山麓，有桃树坞、刘门坞。清著名学者齐召南诗云：“刘门道是刘郎宅，风物真疑汉代余。”胜迹有阮公坛、迎仙阁，今废。刘阮庙今已修葺一新，供人观瞻。山下有惆怅溪，亦名桃源江。“刘阮不知离别苦，为他鸣咽到如今。”山有采药径，曲径盘桓山腹，长4公里，旁有仙人洞，深10米，高8米，藤蔓覆盖，蹊径难通。

1995年版《天台县志》：

三峰，在桃源，即双女峰、迎阳峰、合翠峰。据宋郑至道《刘阮洞志》记载，双女峰在桃源之东，"孤危峭拔，仪状奇伟，上有双石，如绾鬟髻，其西峰则壁立千寻巨岳，朝阳方升，先得清照"。合翠居桃源之中，"以双女、迎阳为之辅翼，群山之翠，合而有之"。

刘阮洞，在桃源山双女峰上，又名桃源洞、仙子洞，高峻奇险。据南朝刘义庆《幽明录》载，汉时剡人刘晨、阮肇入天台山采药，遇二仙女，结为伉俪，居此半载，回乡已是七代。洞旁原建有一亭，后圮。

《浙江省天台县地名志》中的"桃源春晓"

惆怅溪，源出宝相岙桃源，传为刘、阮与二仙女在此分别惆怅之处。

2007年版《新昌县地名志》：

> 刘门山：位县城东南10千米刘门山脚下，此地为入天姥山之门户，相传刘阮遇仙处。民国《新昌县志》载，山有刘阮处祠，山下居民多姓刘，村由姓氏得名，清属仙桂乡二十都。
>
> 桃树坞：位县城东南10千米山脚，古名桃墅坞，为入天姥山之门户，相传为刘晨、阮肇遇仙处，居家农耕，世外桃源，故名桃墅坞，后写成桃树坞。

［叁］刘阮传说的遗迹

刘阮传说流布范围很广，天台县桃源坑一带、新昌县刘门山、嵊州市阮庙村、余姚市大岚镇大俞村、宁海县桃花峧和缙云县壶镇南宫山都留有刘阮传说的遗迹。

根据史志记载，刘晨、阮肇实有其人。阮肇为剡溪（今嵊州市）人，故乡为阮庙村，在县城南三里，也就是今天的嵊州市三江街道阮庙新村，村中现留阮公庙，奉阮肇、刘晨像。距阮庙不远，今嵊州城内有地名"捣臼爿"，相传是刘晨的故乡。

　　刘晨、阮肇二人采药遇仙的地方在天台山，但古代天台山的概念很广。据相关的历史地理资料，在魏晋时期临海设郡以前，自今绍兴至临海海边均属会稽郡，这一带的连绵群山通称天台山，包括今天的天台山、四明山、天姥山。"刘阮入天台"的"天台"众说纷纭，一说是天台县的桃源，一说是新昌县刘门山，一说是余姚市四明山，一说是宁波鄞州武陵山，还有一说是宁海的桃花峧。以持天台县桃源一说者居多。

一、天台县的刘阮传说遗迹

　　天台县的刘阮传说发生地主要集中在桃源，又称桃源坑（天台当地将山谷称为"山坑"），在县城西北13千米。此地原属天宫乡，因境内天宫寺得名，道书所称的七十二福地之一"司马悔山"在此。现为白鹤镇天宫办事处。

　　天台的桃源山水，在史志中均有记载，山谷崖壁对峙，谷底瀑泉潺潺，碧潭映天，山峰拱翠，惆怅溪向南流至三茅溪。元代天台诗人曹文悔将"桃源春晓"列入天台八景之一，有《桃源春晓》诗："数点残星挂绿萝，看桃行入旧山阿。洞门花雾红成阵，沙麓岩前翠作涡。天外曙光惊鹤梦，水边啼鸟和渔歌。刘郎去后无人到，吟倚东风草色多。"明代王士任《游天台山记》将天台山各景观分次排列，桃源以"恍惚幽玄，不记何代，片时坐对，人化为碧"列第五。

　　桃源坑外有上宝相、下宝相两个自然村，属天台县白鹤镇，终年不断的惆怅溪迤逦流过。上宝相、下宝相两村共三百多户、七百多人，村民大都为张姓，为明朝张文郁的后裔。张文郁曾任工部左侍郎，过此见风景优美，赞为宝地，故名宝相。据史料记载，顺治七年（1650），张文郁与弟文郊、子元声退隐于天台县桃源，自号桃源散人。张文郁过世后，他的子孙后代在上、下宝相定居下来。上宝相村西南约五里处，有护国寺，旧名般若，后周显德四年（957）建，为五代德韶国师在天台创建的十三座道场之一。

桃源坑口原有俪仙馆一座，始建于明万历年间，始筑者为地理学家王士性，后废。溪岸（即今桃源水电站）曾有桃花坞一座，《徐霞客游记》记"有馆曰'桃花坞'"。

20世纪80年代，上宝相村老人协会筹资，在桃源坑口的桃源庵

天台县上宝相村

迷仙坞

仙女浴盆

双女峰

惆怅溪

遗址重建俪仙馆，三开间，门联"桃源名声久远，神话传说离奇"，馆内供奉二仙女（民间称"桃源仙姑"）像，着红披风，两旁是刘晨、阮肇像，汉装打扮，蓄须，刘晨肩扛药锄，阮肇手提药篮。馆内悬挂《刘阮遇仙图》和唐代诗人曹唐的《拟桃源》诗五首。2003年，在上宝相村惆怅溪上建造桃源桥。

传说中的刘阮洞，即桃源洞，是刘阮遇仙相爱的地方，历代众说纷纭，没有具体实指，宋代以前没有关于洞址的文字记载。北宋时期，天台桃源有了实质性开发。郑至道，字保衡，莆田广业（今白沙）人，北宋元丰二年（1079）进士，元祐二年（1087）以雄州防御推官调知天台县。他二任言革故鼎新，匡正风俗，倡导"士农工商，四民皆

天台山桃源会仙石

本"。公事之余，郑至道在民间寻访刘阮传说遗迹，从护国寺寺僧口中得知明照法师曾于景祐年间入桃源采药，见桥跨水，二女及笄，戏于水上，如刘阮所见。郑至道率吏民来桃源"追遗迹、续故事"，"凿山开水，立亭于其上，环亭夹道，植桃数百本"。次年春暖，桃花盛开时，他亲诣桃源，赏景赋诗，撰《刘阮洞记》，为诸景命名，如"鸣玉涧""桃花坞""金桥潭""会仙石"等，一直沿用至今。

在天台，关于桃源洞的记载有多处。宋郑至道《刘阮洞记》"（桃源）洞在（护国）寺东北二里"；明叶良佩《天台山记》"洞去护国（寺）二里之遥，洞口为门，有古木神祠"。二人将桃源坑泛称为桃源洞，坑口即洞口。清代齐周华在庵僧导引下，从庵后岭（即水磨岭村）上，"岭檐斜行四五里"，转折而下，历经奇险，到达桃源洞。他在《台岳天台山游记》中说："险固不畏，恨不奇耳！"此洞在水磨岭村南的崖缝中，洞前无路，进洞需攀洞梯，洞里弯腰只能容两三人而已。清代蒋薰在桃源洞口庵的老僧瑞庵引导下，沿坑前进，复北行数折，就是现在的仙人洞，在他的《天台山记》中记为"桃源洞"。

二、新昌县的刘阮传说遗迹

新昌县刘门山为天姥山北支余脉，在新昌县城东南15千米处的桃源乡（今属南明街道）境内，位于第十五福地沃洲山和第十六福地天姥山之间，群峰攒簇，烟霞迷离。2004年，刘门山、刘门坞、黄贡坑、桃树坞合并为桃源村。

新昌县刘门山村

新昌县刘阮庙

刘门山村，村民多姓刘，相传为刘晨后裔。村倚刘门山（当地称"倒尖山"），山间盛产鲜果、药材、茶叶。五六十户人家散居其间，鸡犬相闻，民风淳朴。村内旧有阮公坛、迎仙阁，今废。刘门山上有弈棋岩，传为仙女弈棋处。

刘阮庙处刘门山村西，坐北朝南，呈四合院式，由山门、戏台、两厢、大殿组成。大殿三开间，木结构穿斗式，小青瓦屋面。

新昌县刘阮庙庙墙"刘阮遇仙处"字样

新昌县迎仙桥

刘阮石

大殿的墙体是三斗一盖砖墙，两厢为泥墙。大殿明间后厝塑有刘晨、阮肇像，束发农装，刘晨一手持灵芝，一手握药丸，阮肇一手捧仙桃，一手持药葫芦。两旁立仙女神像，旁置斗笠、药锄、背篓；仙女姿容美丽，神态飘逸。殿前对联："仙来且小坐，此地尚存刘阮石；人去境全非，故乡竟见七重孙。""仙踪已逝，星移物换桃源洞；药径尚存，水绕山环萧史家。"大殿对面为戏台，戏台台楣"天难好合"，柱联："刘阮行踪存石上，瑶姬居处白云中。""斯人有幸，曾经药径可寻；仙女深情，莫道仙路难觅。"大殿两侧柱弄立有四方碑石，分别是干宝《搜神记·天台二女》、刘义庆《幽明录·刘晨阮肇》、吴均《续齐谐记·刘晨阮肇》，还有一方《刘阮庙重修碑记》。刘阮庙至今香火不绝，2010年被列为县级文物保护单位。

刘阮庙外有遇仙桥一座，桥上有一方"刘阮石"，相传为刘阮与仙女坐憩之处，不甚规整。"刘门道是刘郎宅，风物真疑汉代余"一碑，为天台学者齐召南于乾隆年间游刘门道留下的诗句。

桃树坞村（临104国道），村前有惆怅溪，迎仙桥横跨溪上，相

新昌县惆怅溪

新昌县刘门坞村

新昌县刘阮阁

传为刘晨、阮肇与二仙女相会之处。该桥在明万历《新昌县志》中有记载,清道光时丁天松重修。桥长29米,宽4.6米,净跨15.6米,为悬链线拱的古乱石拱桥,在《中国科学技术史·桥梁卷》中有专题记述,1997年列为浙江省文物保护单位。

刘门坞至刘门山有一条缘溪而上的蹊径,名为采药径,长约4千米,秀竹婆娑,曲径盘桓。刘门坞村口建有刘阮阁,占地上百平方米,供奉张天师像,两旁为刘晨、阮肇像。村后枫香岭有桃源洞,亦称"仙人洞",即刘晨、阮肇与仙女相会遗迹,深10米,高8米,藤蔓覆盖,蹊径难通。

三、 嵊州市的刘阮传说遗迹

嵊州市阮庙村（原属中爱乡，现为三江街道），据《剡录》记载："县之南有阮公庙，即故居也。"民国《嵊县志》载，"系阮肇故宅"。王梅溪诗曰："再入山中去，烟霞锁翠微。故乡遗宅在，何日复来归？"2007年10月，阮庙村、张家殿村、庙后村合并为阮庙新村。阮庙村中留有供奉刘晨、阮肇的阮庙一座，又称阮仙翁庙，始建年代不详，道光二十年（1840）重建。庙宇坐东朝西，现仅存正殿三间，通面宽11.5米，通进深8.3米，硬山顶，梁架为五架，大殿悬"刘阮二帝"匾。大殿后厝供奉刘晨、阮肇汉装打扮彩像，刘晨着黄色披风，手握药锄，阮肇着红色披风，手捧仙桃，身边二仙女手握如意，二药童脖挂药袋。殿联为："神通除八方之疾病，药物救万世之

嵊州市阮庙村阮庙

众生。"北壁有康熙十六年（1677）"启圣碑"和道光二十年（1840）"重建阮庙碑"。南有戏台一座。2010年，阮庙被列为嵊州市文物保护单位。村口立石碑，刻有"刘阮传说"。

四、余姚市的刘阮传说遗迹

余姚四明山方圆八百里，绵延余姚、鄞州、奉化、上虞、嵊州等地。从汉代起，有多名隐士在山中或炼丹采药，或隐真学道，留下大量传说遗迹，余姚境内就有不少。余姚市大岚镇大俞村是四明山腹地最古老的村落之一，村后有"四窗岩"，据唐代名士谢遗尘考证，此即当年刘阮遇仙之处。登上四窗岩，可看到一堵大岩壁仿佛从天外飞来，搁在重峦叠嶂之上，岩壁如刀削，光赤平滑，寸草不生。岩壁高约30米，腰部一连排列着四个大小不一的洞穴，故称"四窗

四明山四窗岩

岩"。唐代刘长卿有诗曰："苍崖依天立，履石如房屋。玲珑开窗牖，落落明四目。"四明山就由此得名。

四明山大俞村

四明山

鄞州武陵山桃源溪

五、宁波市鄞州区的刘阮传说遗迹

宁波市鄞州区武陵山在城西，山下有桃源溪，《鄞县志》和《桃源志》载："桃源溪，武陵之下流也。"相传东汉刘晨、阮肇两樵夫入武陵，迷途桃林，遇仙女指点成仙。桃源溪畔有圣女山、棋盘石、栖凤山、剑峡峰等。

六、宁海县的刘阮传说遗迹

宁海境内的山脉乃天台山脉之延伸，水源亦多发自天台山脉。宁海的桃花峧巅峰海拔895米，位于黄坛里塘村西，县境内清水溪与大松溪间的最高峰。这是宁波、台州、绍兴三市交界的地方，1997年国务院在此立碑。相传刘晨、阮肇在此采药迷路遇仙，当地歌谣：

宁海县桃花峧

"刘生阮生本天才，春分采药到天台。"此地有村名"后辽村"，据《宁海县地名志》记载，后辽村在中华人民共和国成立前为新昌县的飞地村，后属宁海。该村就在桃花峧下，全村都姓刘，如今已没有住户，剩下几间旧屋，村前还留有云锦杜鹃的花圃。桃花峧岗上现在还有很多桃树。宁海县古称"桃源"，就与刘晨、阮肇入桃源遇仙的传说有关。元朝县丞黄潽写过一首《初到宁海》，诗中有"桃源名更美，何处有神仙"之句。至今，宁海县城仍保留桃源路、桃源桥、桃源村等，当为历史名称的沿袭。

七、 缙云县的刘阮传说遗迹

缙云县南宫山位于壶镇东南面约二三千米的浣溪乡宫前村。南宫山上有阮客洞，相传阮肇在天台山遇仙，"仙山半年，世间七世"，失意之时云游至此，隐逸修炼，故此山又称"阮山"。唐朝著名书法家、缙云第一任县令李阳冰题洞额镌石峰上。唐建中年间（780—783)，县令李瑶题诗道："阮客今何在，仙云洞口横。人间不到处，今日此中行。"明朝例贡李继咸行书摩崖题记"阮客遗踪"和"天台引"。

缙云南宫山阮客洞

二、刘阮传说的主要内容

刘阮传说在天台、新昌民间代代相传，主要围绕刘晨、阮肇入天台山采药遇仙这一主线展开，概括起来有人仙爱情、悬壶济世、山水景观、风俗风物这几方面内容。

二、刘阮传说的主要内容

刘阮传说在天台、新昌两县民间代代相传，在传说发生地——天台桃源附近的村落、新昌刘门山一带，几乎男女老少都能讲述刘阮传说。20世纪70年代末开始，天台县组织人员下乡采风，整理刘阮传说，相继在报刊上发表，并出版了《刘阮传说》《天台山遇仙记》《桃源仙缘》《桃源梦》等传说集；新昌县的民间文学爱好者也在民间搜集相关传说。2014年，天台县、新昌县联合编印《刘阮传说》，收录了天台、新昌两地有关刘晨、阮肇采药遇仙的传说59篇、歌谣19篇。

刘阮传说围绕刘晨、阮肇入

天台县整理的刘阮传说

天台山采药遇仙这一主线展开，概括起来有四方面内容。

[壹] 人仙爱情传说

刘晨、阮肇与仙女的爱情是刘阮传说中最主要的部分。它以天台采药遇仙、洞中相爱、惆怅溪送别、双女峰相守等为线索，突出其神奇和浪漫，有人仙结缘的美好，也有恋人离别的惆怅，表达人们对于超越现实、追求纯真爱情的向往，颂扬善良和正义。这方面的传说有《天台山遇仙记》《刘阮遇仙记》《刘阮桃源续前缘》《采药遇仙记》《会仙石对弈》《手轿》《黄鹂鸟》《猜诗赠药》

《神仙传》插图

《仙山半年人间七世》《送别惆怅溪》等。与古代志怪小说不同的是，在民间传说中，人物与情节更加具体，二位仙女有了名字，最常见的为红桃、碧桃，也有叫其他名字的。刘晨、阮肇不仅是剡溪的年轻郎中，而且还是表兄弟，二位仙女则以姐妹相称，为守护仙药而来天台。

天台山遇仙记

在神秀的天台山南麓，有美丽的双女峰，双女峰畔有风景优美的桃源洞，这里就是刘晨、阮肇入天台采药遇见仙子的地方。

刘晨、阮肇都是东汉年间人，住在剡溪畔一个山清水秀的小村子里，两人都是采药的。这一年，很多人得了心窝痛的毛病，他们踏遍了剡溪两岸每一座山峰，寻遍了剡溪上下每一条田垅，却找不到能够根治这种病的乌药。

这天，他们离开剡溪，向几百里外的天台山走去。他们披星戴月，一股劲地走呀，爬呀，先后翻过了一十八座山峰，攀过了一十八道悬崖，涉过了一十八条深洞。忽然，一座高山挡住了去路，这座山高入云霄，状如城楼。正愁没法往上爬，却见青青的松林里走出一个白发老婆婆，臂上挽着个紫藤编的篮子，里头装着雪白的松菇和紫红的山栗。两人一见，赶忙上前施礼，问道："老婆婆，请问到天台山的路怎么走？"

老婆婆打量了他们一眼，问道："孩子们，你们到天台山去干啥呀？"

刘晨说："只因我们家乡很多人患了心窝痛的毛病，我们想上天台山去找治这种病的乌药。"

老婆婆说："难为你们一片好心，可是这天台山足有一万八千丈高。你们看，这座大山叫作赤城山，它只不过是天台山的南大门哩！再说，山上都是毒蛇猛兽，我劝你们还是回去吧！"

刘晨说："老婆婆，谢谢你的关照。不管山有多高，路有多险，不采到乌药，我们是不回家的。还是请婆婆给我们指条路吧！"

老婆婆见他们决心大，才说："既然如此，你们就从这座松林中穿过去，那边有条小路，可以直通桃源洞。"说完话，一晃就不见了。

两人穿过松林，沿着山路，继续往上爬。这时已是深秋时节，白天出了太阳还暖和，一到晚上，山风一吹，便冷得瑟瑟发抖。走了一天又一天，他们的干粮没有了，就找野果吃。

第十三天中午，他们来到一条山溪前，溪岸没有路，只得在溪中累累的大石头上跳着前进。这时，他们已经筋疲力尽了，只觉得头昏眼花，浑身无力，阮肇一屁股坐在溪边岩石上，动弹不得。刘晨硬撑着，在碧水潭中喝了几口清水，站起来朝四面望去，只见四面都是光秃秃的悬崖峭壁，找不到一个野果子。

阮肇说："刘哥，前边没路了，我们回去吧，要不会饿死的。"

刘晨摇摇头说："别急，我们再找找看……"话没说完，腿一软，两个人都昏倒在小溪边了。

也不知过去了多久，他们醒转过来，只见眼前满天红云，照得高山大谷处处红光闪闪，暖意洋洋。哟，原来对面悬崖上长着一株桃树，正开满红花呢！他们想：怪呀，如今已是深秋，怎么还有桃花呢？正想着哩，那桃花忽地一下全谢了，再仔细一看，树枝上挂满了青桃，个个有拇指那样大。一阵山风吹过，桃子见风就长，顷刻之间就长得比拳头还要大，一个个鲜红欲滴，馋得两人肚里咕咕叫。

他们连忙爬起来，攀着青蕨蕨，"唰唰唰"上了悬崖，一伸手就摘下几个桃子。才放到嘴边，还没等咬哩，哎呀呀，桃子骨碌碌一声，竟从喉咙口直滑到肚里去了。霎时间，两个人都觉得肚子里像着了火，热气从毛孔往外冒，马上觉得精神十足，手脚轻灵。

两个人下了悬崖，回到溪边，低下头，刚想捧点水喝喝，忽然看到水中漂来一片碧绿的菜叶，像刚从菜园里摘下来的一样。

刘晨对阮肇说："阮弟呀，这溪水里漂着菜叶子呢，这样看来，上游一定有人家。"

阮肇听了，也点头道："对呀，我们沿溪寻上去。"

他们走到溪头，看见一个大瀑布，绕过瀑布，攀上悬崖，顺着这条溪走了没多远，阮肇突然叫道："刘哥，你看那水上是什么？"

刘晨一看，随着水波，溪里一高一低漂来个黑红色的东西。两人忙上前捞起来一看，哦，是个罐子，打开罐盖，就有一股香气喷出来。哈，原来是一满罐芝麻饭呢！两人不管三七二十一，把饭全吃了。饭一落肚，全身骨头咯咯响，精神越发足啦！

刘晨、阮肇快活极了，手拉手又上了路。走了好久，又有一座大山挡住路。两人爬上山顶，眼前现出一片平地，又有一条大溪往前流去。他们想过溪，可是溪水又深又急，过不去呀！正在为难的辰光，忽然听见有人在喊:"刘晨,阮肇!刘晨,阮肇!"

他们四下寻找,却不见人影,只听得满山满谷的回声,像流水哗哗一样动听。看看无人,他们转过身子,那喊声却又响起来了。他们抬头一望,哟,有两个穿红衣着绿袄的姑娘,坐在溪对岸一块大岩石上,手里还拿着一根鹅黄色的绫带,那带子正随着山风袅袅飘动哩!姑娘们的脸就象刚才见到的仙桃一样红润、娇艳,刘晨和阮肇一时呆住了,这简直是画上见到的仙女呀!正呆着,那绿衣姑娘向他们招手,叫他们过溪去。

刘晨说:"水深浪急,我们过不去啊!"

话音没落,只见红衣姑娘把黄绫带向空中一抛,那带儿就飞落溪水两边,像道长虹架在溪上。姑娘笑着说:"你们从绫带上过来吧!"

刘晨、阮肇看着在空中上下翻动的绫带,哪里敢走?那个绿衣姑娘笑着朝黄绫带"呼"地吹了一口气,哈,真神,那绫带立即变作一座黄

《天台民间故事》插图

色的石桥，凌空架在溪上，又稳固，又坚实。

刘晨、阮肇过了溪，来到姑娘身边。刘晨问道："请问两位姐姐家住何方？"

红衣姑娘听了，只是嘻嘻笑，绿衣姑娘说："我们就住在前面不远的桃源洞里，请两位到洞里坐会儿吧！"

桃源洞，就是老婆婆指点的桃源洞！真是踏破铁鞋无觅处，得来全不费功夫。

大约走了四里路光景，来到一堵雪白雪白、玉屏风似的石壁前面。绕过石壁，就见到一个有几十亩大的山谷，山谷里，百花盛开，蜂舞蝶闹，好一派阳春风光。刘晨、阮肇仔细一看，哈，那些红橙黄紫的百色花朵，都是牡丹、芍药、百合等名贵药材啊！

山谷一侧的峭壁上有个山洞，洞口挂着紫藤编织的门帘，四周用百花镶边。里面，洞顶挂着琉璃明灯，洞壁装饰着龙凤绣帷，中央摆着嵌金镶玉的桌椅几凳。再往里走，转过一道金子镶边、玉石磨制的洞门，就是两位姑娘的卧室。床上是蕙草织成的茵席、明珠串成的罗帐，满室飘着兰桂的香气，把刘晨、阮肇的眼都看花了。

两位姑娘摆上酒席请他们吃，满席除了松菇、冬笋、金针、牛脯外，就是桃酱、桃片、桃块、桃干，连喝的酒也是桃子酿的哩！

慢慢地，刘晨、阮肇才知道姑娘一个叫红桃，一个叫碧桃，是王母娘娘桃园里司管蟠桃的仙女，只因王母娘娘生了心窝痛的毛病，要服用天台山的乌药，所以派她们在这里看守乌药。

从此，刘晨、阮肇就在桃源洞中住下了。白天，两人出去采药，仙女在洞里做好热饭热菜等他们。碰上高山深涧，红桃就用黄绫带为他们架梯搭桥。晚上回来，四人在一起谈笑歌唱，十分快乐。这样过了半个月，他们请苍松做媒，青山做证，碧桃嫁阮肇，红桃配刘晨，欢天喜地成了亲。

有话则长，无话则短，一转眼之间，半年过去了。

这一天，刘晨、阮肇又出去采药，来到一个山坡前，看见一只子规站在杜鹃树下朝他们不停声地叫唤："哥也归去，哥也归去！"像是在抱怨他们忘了家。刘晨走过去，说来也怪，那只子规竟飞上他的药筐，不住声地鸣叫起来。

这一下，引起了刘晨的乡思，他对阮肇说："阮弟，你看，爹娘和乡亲们托子规带信来了，催我们快回去呢。可是这半年来，百药都已经采齐，就差乌药没有采到，你看如何是好？"

阮肇因为恋着碧桃仙子，不愿立即回家，低下头来，一声不响。

这天回来，红桃仙子见刘晨闷闷不乐，知道他生了归心，趁着下棋，好言劝慰，也难解刘晨的愁肠。

过了几天，仙女们特地为刘晨、阮肇设下酒席。酒过三巡，红桃仙子站起身来说："刘郎呀，我见你近来闷闷不乐，今天特地请来几位姐妹，为你解解忧愁。"

　　说罢，她将左手长袖朝空中一甩，只见云烟从袖口袅袅飘出，云烟落地，化成十二个仙女。接着，她又将右手长袖一甩，也走出十二个仙女，手里拿着笙、箫、管、笛等各式乐器，一齐来到席前。一时间，仙乐齐鸣，歌舞翩翩，阮肇高兴得赞不绝口，可刘晨还是想着乡亲们的病痛，闷闷不乐。

　　红桃仙子见了，知道刘晨归意已坚，叹了一口气，站起身来，斟满一杯香酒，缓缓地捧到刘晨跟前，叫碧桃敲起檀板，自己唱道：

　　　　仙洞千年一度开，

　　　　仙境哪能得再来。

　　　　玉液劝君须强饮，

　　　　水向人间去不回。

　　唱罢，已经是泪流满面。接着，她忍住悲痛，叫碧桃到内洞捧出许多金银珠宝，赠给刘晨和阮肇。

　　刘晨说："娘子呀，这些珠宝，我们不要，临行如能赐支乌药，我们就心满意足了。"

　　红桃听了，想了好久，才说："郎君不爱珠宝，只要乌药，这心愿我们早知道了。怎奈天条森严，实在不敢拿出来啊。今日生离死别，情实难舍，我也顾不上什么天条了。"说着，从袖中取出一支叶绿根黑、晶莹闪亮的药草，递给刘晨，"刘郎呀，这乌药只生仙山，不长人间。你今日将它带到人间，一定要好好培育，日后见到乌药，就像见到我们一样。"

听到这里，刘晨也泪流满面，哽咽着接过乌药，抚摸着，竟连一句话也说不出来。

出了洞，仙子们一直送到先前相遇的大溪边。红桃含泪说："过了这条溪，就仙凡相隔了。此地一分别，何日再相逢？"

刘晨劝慰："娘子不要过分悲伤，我们这次离去，望过父母乡亲，多则一年，少则半载，一定回来。"言罢，依依而别。从此，这条溪就叫作"惆怅溪"。

刘晨、阮肇走了十三天，才回到家乡。只见村子里路变了，房子也变了，再也找不到自己熟悉的家门和熟悉的乡亲了。后来，好不容易找到了一个须眉皆白的老公公，那老公公说："我小时候听祖父说过，村里有两个七世祖公到天台山采药，一直没有回来。"

刘晨、阮肇听了大吃一惊，啊，真想不到，山中方半年，人间已七世了。

刘晨、阮肇采药遇仙的奇闻一下子就传开了，乡亲们都赶来看望他们。他们把那支乌药种在药圃里，说也怪，只一夜工夫，那乌药便一变二、二变四，长了满满一园。心窝痛的人吃了，个个药到病除。从此，天台乌药闻名遐迩。

过了一年，刘晨、阮肇十分想念仙子，于是又千辛万苦地寻到桃源洞，但进洞一看，里面只剩下一些石桌、石凳，再也找不到仙子了。

后来，他们又在赤城山碰到那个白发老婆婆，才知道因为仙子私赠乌药，王母娘娘大发雷霆，一怒之下把她们变成了桃源洞边的两座石峰。他们一听这话，赶紧回到桃源洞，果然见到两座石峰，形如仙子，正痴痴地向剡溪方向望着呢！这就是现在的双女峰。

因怀念仙子，刘晨、阮肇再也不愿离开桃源洞，就在洞外结庐住下，日日夜夜陪伴着双女峰，辛勤培植乌药，每隔几年回家一次，为乡亲们治病。据说两人都活了很久很久。

直到今天，人们爬上天台山，还可以看到桃源洞和双女峰呢！

（天台　曹志天整理）

刘阮遇仙记

刘晨和阮肇都是剡溪的名医，正当青春年华，长得眉清目秀，唇红齿白。两人都是草药郎中，口碑极好。东汉明帝永平五年的秋天，二人相约上山采药，不辞劳苦，经刘门山上到天姥山的主峰拨云尖，在那里采集到鹿儿草、吴茱萸、乌烟桃脑、一支香等名贵药材。正当兄弟俩兴高采烈的时候，听到荆棘丛后有喘息的声音。他俩向下一看，只见一位白发老翁正在砍柴。刘晨和那老翁相熟，互相打了个招呼，就拨开荆棘帮他砍了些柴。老翁把砍下的柴缚起来，叫刘晨、阮肇兄弟坐下休息，自己手搭凉棚，朝上瞭望片刻，回过头来对兄弟俩说："今天山上恐有大雾，还是不要走远的好，早点回去吧！"刘晨、阮肇也抬头向天上望去，却见万里无云，且又秋风送爽，认定今日无雨，当然无雾。两人就帮老翁穿好柴担，替他挑着走上一程，再回过身来，背上竹篓，往深山冷坳走去。

你道那白发老翁是何人？他就是太白金星的化身。他已得知刘晨、阮肇两人品行端正，相貌堂堂，在家孝顺父母，出外行医治病，救活人命该有百数上下，可算得上正人君子，故而有心促成刘晨与桃花仙子、阮肇与兰花仙子两对神仙眷侣，在世间留下千古佳话，为凡间树立楷模。他本想以砍柴为由，引得刘阮兄弟走近桃源洞，谁知他二人竟向深山走去，原来神仙也有失算之时。于是他作起法来，霎时乌云密布，罩住红日，山中发起大雾，白蒙蒙的一片，伸手难分五指。兄弟俩就此迷路，到夜还不得回家，没奈何只得在深山老林中露宿。好不容易熬夜到了天明，雾气依然不退，反倒愈加浓重，难辨路途，最苦的是干粮已尽，腹中饥饿，十分难受，只得采食山果充饥。一天下来，爬山下坡，体力耗去大半，脚酸手软，疲劳至极。第三天也是这样，第七天也是如此，十三天下来，纵然是铜打铁铸的金刚、封神榜上的摩家四兄弟，也经不起这样的折磨，两人只得坐在树荫底下，背靠大树，摊开四肢，张口喘气，等待日出雾开，再作道理。

刘晨、阮肇兄弟俩在深山老林里受苦，太白金星和桃花、兰花两仙子却在桃源洞中干着急。太白金星放出大雾，笼罩大山，本想将刘晨、阮肇引到桃源洞这边来，左等右等，连人影也不见，不由得心急火燎起来，就把桃花、兰花两仙子叫到面前，吩咐她们去刘门坞上空探望一番。仙子奉命驾起祥云，在空中巡视多时，并不见刘晨、阮肇，心中焦急，太白金星就带着仙子一同飞身来到天姥山上空，千里眼直射大雾团，只见刘阮兄弟背靠大树，无精打采地坐在地上，瘦削了许多。两仙子见了心痛如绞，泪如雨下，太白金星也大吃一惊，带领两仙子返回桃源洞中，吩咐赶快送果子过去。两仙子率领众仙童和仙姑，做出拳头大的红桃多枚，并合做桃树一株，送去天姥山。

那边刘阮兄弟正饿得发昏，忽然看见林中有一株红桃，扑过去摘了就吃，尝出这桃十分鲜美，浆水特多，恰好充饥。吃了红桃，刘阮兄弟觉得有了体力，不再躺在地上，翻身爬起，在林中走动起来。这时大雾也渐渐稀薄，山道显现出来，兄弟俩便互相搀扶，背着竹篓走下山去。走到一条溪边，他俩又觉得饥饿起来。忽然，溪坑上游漂来一只白色兰花的杯子，漂着漂着来到眼前，杯子里盛的是胡麻饭。这胡麻饭很不平常，古人有歌谣流传至今："愁溪坑，水泛泛，漂来一杯胡麻饭；刘阮兄弟，捞起分食解溢馋；讨个仙妻住高山，讨个仙妻住高山；伢小弟，伢小弟，明朝伢吃胡麻饭；讨个老婆分红蛋，讨个老婆分红蛋。"

刘阮兄弟捞起一嗅，异香扑鼻，饥不择食，分了就吃，吃完了猛然想起，这胡麻饭是人家的，怎么好白吃？应当去付钱给人家。这杯子这样好，也应当洗涮干净送还人家。想好了，兄弟俩一商量，就往溪坑上游找去。大约走了二里多路，一路行来，并无人家，只有个又瘦又矮的老头在放羊。刘晨走上去问："老伯，这附近有人家吗？"瘦老头白了刘晨一眼，板起面孔说："人家，人家，你到底问的是哪一家？"转过头，自顾自牧羊，再也不理人了。阮肇拿起盛胡麻饭的杯子走到瘦老头面前，指着杯子说："我们问的就是这一家！"瘦老头见了白色兰花的杯子，眼睛一亮，说："你俩先看看杯子底，有什么字写着。"刘阮兄弟被他点醒，翻过杯子，看到在那白亮亮的底上写有红俊俊的"桃兰"两个字，便齐声读出："桃兰！"瘦老头听罢，高兴得哈哈大笑，神秘兮兮地说："她们的家离此太近了，你们一直往前走，大约一里路光景，那里有一个三岔路口，只要向左一拐就到了哇！这真是有缘千里来相会，无缘对面不相识。"

刘阮兄弟依着瘦老头的指点直奔而去，拐了个弯，觉得眼前一晃，真有一幢大宅，房子层层叠叠，黄墙碧瓦，画栋雕梁，凤阁龙楼，华丽得很。刘阮兄弟从未见过这般高楼大厦，一下子就傻了眼，站在那里不知如何是好。只听得咿呀作响，大门打开了，走出两个妙龄少女，一个穿红，一个着蓝，长得非常漂亮。她们走近刘阮兄弟，用银铃样清脆的声音笑着说："刘晨、阮肇两位君子送杯子来了吗？怎么到这个时候才来呢？"说着就接过杯子去。刘晨、阮肇心中惊讶：她们怎么知道我们的名字呢？四双眼睛无声地对视了许久，那个穿红的少女说："我叫桃花。"那个穿蓝的少女说："我叫兰花。"说完，桃花

《误入桃源》插图

牵着刘晨的手，兰花牵着阮肇的手，双双对对、对对双双走进宅院。

只见房内也非常豪华，四壁与窗台上都有薄如蝉翼的罗纱做的帷帐悬

挂着，上面有金银铃铛、珍珠玉串，琳琅满目，风来叮当作响。还有

不少跟着桃花、兰花的娇艳少女在各自房中刺绣，听见客人来了，一个个手端盘子，鱼贯而出，步履整齐，目不斜视。盘中盛的是胡麻饭、山羊脯、牛肉爆块等，也无法尽数，盘盘味道鲜美。酒过三巡，撤去旧盘与酒器，端上新盘，内盛各色果品，有白果、松仁、香榧、红桃、石榴等等。桃花、兰花与刘晨、阮肇捉对儿坐定，谈情说爱，正谈得兴高情浓、订定婚约时，众女伴上来把两对情侣团团围定，同声向他们贺喜："貌俊姐姐俏，姻缘特美好。同心心已同，合欢欢今朝。天姥金炉宝，桃源烛台高。千年共修道，长生偕不老。"颂毕，复饮酒的饮酒，品茶的品茶，各随其便；继而歌舞，管弦齐奏，引吭高歌，吟风弄月，各有所长。一直闹到深夜，才将刘晨与桃花、阮肇与兰花肩并肩地送入各自洞房。

欢乐的日子过了十几天，刘晨、阮肇都想回家看看，被桃花、兰花二仙子苦苦挽留住了。又住了一段时间，只因仙界四季如春，二人也不知住了多久，却又想回家去看一看。桃花仙子、兰花仙子见刘晨、阮肇再三恳求，去意已决，只得送他们回家。二仙差遣女伴，把酒果摆在愁溪坑桥头，两对仙侣手拉着手对坐于桥头，同吃饯行酒果，说起饯行话来。刘晨深情地说："记得来时秋雾笼罩，今到桥头方知正值暮春时节，时光已过去半年有余。听得百鸟喧哗，心想回家一看，只得暂时告别，请不要见怪。"桃花、兰花听了，禁不住泪珠纷纷落下，抽泣得说不出话来，只好举杯饯别。此番情景，后人有诗云："人间无路水茫茫，玉洞桃花空自香。只恐韶光易零落，何时重得会刘郎。"

走不多时，刘晨、阮肇来到一个地方，路旁有一座破败的路亭，亭侧有两株三人合抱的大松树。刘晨吃了一惊，对阮肇说："好怪！看这路亭就知刘门坞到了，为什么竟有这等破败？这两株松树是我亲手栽下的，我与你上天姥山采药，到如今也不过半年光景，怎么长得这么大了？"阮肇也很诧异，说："我也记得，可是这么大的松树，至少得有百来年呀！"刘晨说："我们进村去看看吧！"刘阮兄弟走进刘门坞，只见村庄改样，人物全非，村道上的卵石全都换成了大石块。此情此景，古人传有歌谣："一颗星，楞登；二颗星，挂油瓶；三颗星，拉天扯来听；刘阮上山只半年，窝里已有七代孙；房门板变蛀虫粉，捣白榔头呒有柄；朝代换得七个半，晓得神仙勿同凡人。"

刘晨、阮肇找不到门户，问过村中老农，知时年已是东汉桓帝延熹八年，已换过七个皇帝。刘晨、阮肇既惊讶又感慨，只叹人生苦短，急忙回山寻找桃花、兰花二仙子。可是路径已失，找来找去历时一月有余，渴饮山泉，饥吞山茶青草，历尽苦楚，还是杳无踪迹。

两人灰心丧气地同坐芭蕉山岩崖上，面对险岩潭，绝望至极。刘晨对阮肇说："你我共赋一令，赋罢自尽了吧！"阮肇有气无力地说："请兄长先。"刘晨赋小令："再到山中访玉真，青苔白石已是尘。笙歌寂寞闭仙洞，云壑萧条绝旧邻。"阮肇和令道："草树总非前度色，

《误入桃源》插图

烟霞不是往年春。兰花流水依然在，难见当初劝酒人。"赋毕，刘阮
兄弟正要投险岩潭自尽，只听得桃花、兰花二仙子在背后高喊："郎
君，不可轻生，我来了！"

从此，神仙眷侣再团圆，在桃源洞中共同修道千年，终于列入仙班。

（新昌　石永彬、何鸿飞、丁雪莹整理）

［贰］悬壶济世传说

这类传说主要讲述刘晨、阮肇在剡溪学医以及在天台遇仙后修炼得道、种植仙药、悬壶济世的故事。如《救人于难》《舍身救父》《刘阮学医》《神医点化》《仙境归来治病忙》《仙草治病》《祖仙传经》《揭榜救亲》《草马降雨》《阮肇进宫》《仙草园》《仙药圃的故事》等，歌颂了刘晨、阮肇二人医术超凡、为百姓解除病痛的高尚品德。

阮肇进宫

刘晨、阮肇从剡溪老家回到天台山桃源，种草药为百姓治病，若病患是贫苦人家，则分文不取。二人由于得到仙女的指点，医术高超，妙手回春，声名传扬，来看病的人也越来越多。

这一日，从长安来的差官突然骑着马来到桃源，说皇后娘娘不知为何肚子疼痛，日夜不止，宫中的太医全力诊疗也不见好转，因有人说天台山桃源的刘晨、阮肇医术高明，故速命二人进京救治。

刘晨向差官解释："近来我也染上风寒，不能远行，叫我兄弟阮肇去吧。"他对阮肇说:"家里不能没人,百姓过来还要医治,还是你去吧。"临别时,刘晨给阮肇一个布袋,交代他说:"皇后的病,你要好好诊断、据症状分析,她可能得了这种病,你让她服用袋中的药即可。记住,医好病,速回天台。"

阮肇领令,随差官入京,走进皇宫内苑。太医个个急昏了头,见到从天台山来的阮肇,马上向他描述皇后病情,再让他隔帘诊视。阮肇定睛一看,只见皇后披头散发,痛得久了,已是人不像人、鬼不像鬼,气息奄奄。阮肇凭自己的观察和临行时刘晨的预判,认定皇后肚痛是肾脏结石所致,就拿出自制的止痛丸请皇后服下。不到半个时辰,皇后的剧痛大大缓解。阮肇又拿出刘晨给的结石散,让皇后服下,不一会儿,她就安然入睡。被病痛折磨多日的皇后一朝平安,宫内一片欢喜,天台山桃源神医阮肇的名声也在朝廷上下传开了。

半个月后,皇后先后排出八粒黄豆大小的肾结石,二十天后,痛楚全无,皇后重现花容月貌,风采动人。

皇上召见阮肇,在金碧辉煌的大殿,他先开金口:"朕十分钦佩你高明的医术,赏你黄金百两。"阮肇说:"回皇上,小人只是一个郎中,为人治病是应该的,请皇上收回黄金。"皇上又说:"朕想请你留在皇宫做御医,如何?"阮肇想起刘晨的叮嘱,忙说:"谢主隆恩,小人只想回天台山桃源,万望恩准。"皇上有些恼火:"好一个不识抬举的郎中,赏钱不要,封官又不要,你到底想要什么?"

阮肇对皇上说："小人是个郎中，家里还有一个相依为命的兄长，也是郎中，在天台山桃源为百姓治病。求皇上看在小人为皇后娘娘治病的分上，赏一些御药房的草药给小人。"皇上答应了。

在差官的护送下，阮肇带着皇上赏赐的草药回到了天台桃源，刘晨、阮肇又在一起了。

（天台　周荣初整理）

刘晨阮肇行医

阮肇跟刘晨老爹刘荫学做草药郎中时才十二岁，刘晨十五岁。三年后的一日，刘荫问二人："三年前，吕道长把鹿儿草的种子交给我们，种在后园中，你们还记得吗？"刘晨、阮肇说："记得。"刘荫又问："晒成干了吗？"刘阮兄弟轻声回答说："没有！"刘荫严肃地说："老人说，女人生产，性命攸关，一脚踩在棺材内，一脚踩在棺材外，好就母子平安，不好就母子双亡。我们做郎中的一定要小心在意。明天起，你们兄弟一定要把鹿儿草收进家来，晒干做成药丸，带在身边才可出门行医。"刘晨、阮肇齐声说："知道了！"

第二天，刘晨、阮肇吃了饭就去收鹿儿草，六天后做成药丸，装入药囊，向父母拜别，出门行医。两人背着药囊来到剡东沃洲山脚的岔路口，这里东去剡源望东山，南至天台山上峰冈，西到穿岩十九峰百郎殿，北达剡中剡山剡县城，东南西北何去何从？兄弟俩用一木棍插在路当中，仰望苍天，对天许愿，看其倒向何方，就向何方行医。结果是倒向东方，因而决定向东而去。

二人行过二十里光景，见一小溪沿坡缓缓而下，兄弟俩便沿溪而走。只见前方山屯只三户人家，房前屋后种满桃杏，时节正当春夏之交，青杏红桃挂满树梢，一派洋洋喜气。时当正午，刘晨、阮肇腹中饥饿，就朝着那小山屯走去，刚到一户人家门前，听得那门"砰"的一声打开，急忙忙走出个大妈。她腋下夹着一堆女人裙裤，走到小溪边往水中一丢，用手三压两撳，又随手捡起几块溪石将它压住，把水染得红漓漓的。刘晨知道这是血水，立刻趱上几步，对大妈说："大妈，这女人血裤不能这样洗，这样把溪水弄脏了，叫下游的人怎么吃？"大妈噘起嘴，白了刘晨一眼，说："看你这小后生，嘴上没长毛，懂什么？这女人的血水是补，你快来喝一口，包你嘴皮马上长出毛来，好讨个老婆！"刘晨被她说得脸皮发热，潮红潮红的，正想回她几句，那门里又跑出个三十来岁的男子汉，对着大妈说："妈，妈……不……不好啦！口……又出来了！"大妈听了，赶紧和那男子汉慌慌张张地进了屋，连那浸在溪水中的裤子也没捞。

从这情形看，刘晨料定这户人家是女人生产出了毛病，就拉着阮肇走近那户人家，见那大妈又抱出一大堆衣被，跺足大叫起来："天哪！这怎么办哪？"那个男子汉也一个劲地拍自己的屁股，口里结结巴巴地念叨："老……天保……佑！"刘晨、阮肇兄弟料知这户人家发生了女人难产的事，商议停当，叫阮肇先出马。阮肇走进屋去，对着哇哇急叫的母子说："大妈，大哥，是不是大嫂生孩子难产了？"大妈看了眼阮肇，苦笑着说："你这小不点，自己也刚从娘肚子里钻出来，知道什么叫难产哟！"说完，只顾在家中打转转。大妈的儿子却惊喜异常，问阮肇说："你……可是……托塔天……王……三公子……哪吒？"阮肇摇摇头说："我表哥也来了。"那男子更是高兴得发了狂，走到门口对刘晨说："二公……子，请……进！"刘晨就进了他家。古话说：病急乱投医。那大妈也以为托塔李天王的两位公子来救她儿媳妇了，母子俩端出椅子让刘阮兄弟坐下，母子双双纳头便拜，请兄弟俩救他家的产妇。刘晨叫表弟取出鹿儿草，郑重地对那母子说："大妈，大哥，我兄弟俩实在是凡人，不是托塔天王的公子。说到草药，这里倒有一些，你们赶紧拿去煮汤给大嫂喝，最好是能马上见效，为你家喜添贵子。"急得失魂落魄的大妈听说有药，不管三七二十一，就拿去煎汤给媳妇喝，其余人静坐堂前。

时光过得真慢，静得连心跳声也能听见。大约过了半个时辰，房间里突然响起婴儿啼哭声，一声"哇啦"，一声"咿哩"，十分热闹，高兴得那男子哭不像哭，笑不像笑，简直是发了呆，只有刘阮兄弟稳稳坐着不动。再过一会儿，那大妈大步走了出来，嘻嘻笑着说："生了，生了，生了对龙凤胎，一个男孩，一个女孩，如今血也止了，胞衣也落下来了！"那男子这时才回过神来，低着头，自顾自嘻嘻笑。

　　刘晨、阮肇在小山屯里住了两天，见产妇母子三人无恙，才告别他们一家，仍沿溪坑往下游走。途中只见溪水冲得岸边水草儿频频点头，顺势带动草中红、黄、蓝、白、紫各色花朵不断点头。不多时，兄弟俩来至山脚，这小溪汇入大溪，水中泛起一圈又一圈的漩涡，颇有韵味，源源流入两岸水田。田埂的尽头横着一个村庄，整齐地排列着一幢幢小平房，粉墙青瓦格子窗，房后坡上皆是野茶，翡翠色中结出闪闪点点的花蕾。刘晨、阮肇见这村庄不大不小，不过四十多户人家，却显得清爽亮丽，就快步走近，竟发现了一桩奇事：这个村子里的人，不论大大小小、老老幼幼，全都坐在门口吃早饭，吃几口，就得擦一阵眼泪；见刘阮兄弟从他们眼前经过，都抬起头来，睁大眼傻看着，全村人无一不是红眼睛。刘晨不禁惊叫起来："叔伯兄弟们，你们的眼睛怎么了？"村民们异口同声回答："眼睛好痛呀！"阮肇说："我兄弟为你们医，好不好？"众村民听说要给他们医眼睛，一边擦眼睛，一边颤抖着说："神仙下凡来了！来救我们了！"都聚集到刘晨、阮肇周围。

　　刘晨、阮肇兄弟取出药葫芦，倒出鱼腥草药丸，先让每人吞下两粒，再领众人在山坡上采野茶嫩叶，采到一定数量，便叫众人返回家中，将野茶煮成汤，饮后再捞起叶渣敷眼，躺在床上睡一觉。大家照做以后，眼睛果然好了许多，人人眉开眼笑，晚餐后如法再做，第二天鸡啼醒来时，双目中的红膜淡去很多。如此五日，全村人的痛眼病

都治愈了。众村民好不高兴。当刘阮兄弟辞行时，村民用椅子抬着他俩，绕着村子走了一圈又一圈，拿出家中的木盆、竹桶敲打着，欢送他们上路，一直送到岔路口，才让刘晨、阮肇兄弟下椅离去。

（新昌　石永彬、徐国铨整理）

神医点化

刘晨、阮肇回到天台桃源洞，因二位仙女已经化成洞外的两座山峰，二人就在洞边搭起茅屋，一边采药练功，一边陪伴双女峰。后来，刘阮成了神医，经常下山为老百姓治病，名声越传越大。

这年，新昌的大户人家胡氏派用人来桃源洞请刘阮两兄弟为他们大少爷治病，刘晨问什么病，用人说，肚子越来越大，夜里要胀痛。刘阮兄弟一听就猜出什么病，阮肇心直口快地说："我们用的是土草药，专给穷人治病，你们胡家家财万贯，去请太医吧。"

两个用人很尴尬，刘晨想了想，说："药丸你可以带回去，可是这药丸要配洞里的仙水吞服，否则药效全无。"

两个用人只好回去如实禀报。胡家老爷想想请了那么多名医，越医肚子越大，只能辛苦儿子跑一趟了，于是派了四抬大轿赶往天台。这胡家少爷贪酒贪肉，路上还带了他最爱吃的黄酒和盐水鸡。到了山脚，轿子抬不上去，只能步行，胡少爷要带酒肉上山，用人说："神医有交代，不能带吃的上山。"胡少爷说："难道山上有凤凰肉伺候本少爷？"用人说："也许吧。"

胡少爷身子胖，又从没走过山路，走走停停，到桃源洞已是日落西山。胡少爷一见刘晨、阮肇两神医，便瘫倒在地上哀求："神医神医，我肚子饿死了，快给我吃凤凰肉！"

阮肇数落道："想吃凤凰肉，去皇宫吧。"

刘晨心平气和地说："我们这里没有美味佳肴，不过，等你吃过我们做的胡麻饭，就会有精神了。"

阮肇端来一碗黑乎乎的胡麻饭，胡少爷狼吞虎咽一口气吃完，问："现在该吃药了吧？"

刘晨说："不急，明天先和我们一起去采药。"

胡少爷吓坏了："什么？你们这不是成心坑我吗？"

阮肇逗："怕了？那就赶快回去吧！"

两个用人忙说："既来之，则安之……"原来老爷对他们有交代，一切要听从神医的安排，不许少爷胡来。

胡少爷无奈，只好住下来。当天夜里，他睡在茅舍里，肚子不痛了，一觉醒来，天已蒙蒙亮了。

更糟的还在后头。胡少爷跟着刘阮二人走在崎岖的山道上，一会儿就气喘吁吁了。刘晨说："我帮你一下。"在他背后一推，他就有了力气，跟上了阮肇。有一回，他一脚踩空，眼看就要坠入悬崖，只听得刘晨一声大叫，一双大手贴着他的脊背，把他吸了上来。

　　胡少爷终于明白，两位神医非等闲之辈，因此再也不提回家之事，白天和他们一起采药，晚上吃下丸药，用桃源洞的仙水送服。

　　到第七天，胡少爷的肚子再也不胀痛了，身子也结实起来。刘、阮两神医说："明天，你可以下山回家了。"

　　胡少爷说："两位神医，七天时间虽短，但你们让我明白了一个道理：流水不腐，户枢不蠹，我身上这病是懒出来的。从今以后，我一定痛改前非，出智出力，帮父亲打理好茶庄。"

　　刘晨笑道："既然胡公子明白了这个道理，不妨带些乌药苗回去，一边种茶，一边种乌药，为百姓治病，做个千秋功德，造福一方。"

　　胡少爷扑通一声跪地，说："神医教诲，永生不忘，两位神医若不嫌弃，请受弟子一拜。"

　　这时，阮肇也和气多了，连忙扶起他，说："公子能为家乡百姓治病，也算是帮了我们兄弟俩的大忙。"

　　胡少爷回到新昌老家后真的脱胎换骨，不再是从前的酒囊饭袋了。他没有辜负刘、阮神医的嘱托，开荒山种植乌药，免费为当地百姓治病，成为名传四方的善人。

　　　　　　　　　　　　　　　　　　（天台　　陈炽整理）

[叁] 山水景观传说

刘阮传说的主要发生地是天台山桃源坑以及新昌县刘门山。桃源坑早在元代就以"桃源春晓"列入天台八景，天台桃源的每一处景观，如桃花坞、鸣玉涧、桃源洞、双女峰、迎阳峰、合翠峰、金桥潭、会仙石等，都留下了刘晨、阮肇与仙女的故事。在新昌刘门山，也留有许多与刘阮遇仙相关的古迹与景观，如仙人洞、会仙桥、采药径、刘阮石、阮公坛、迎仙阁等。

金桥潭

从天台桃源坑走三里，就是金桥潭。原先这潭有一亩地大，崖上瀑布如一条白练，潭水很深，特别是雨后，瀑布腾空而下，越过碧潭，落在对岸的岩石上。雨过天晴，瀑布在阳光的映衬下金光灿灿，如一条金桥横跨在潭上。

相传刘晨、阮肇在天台山采药，在桃源迷了路，干粮吃完了，饿得眼发花、腿发软，只听远处传来姑娘的笑声。二人用力睁开双眼，只见眼前是一片桃树，桃花开得正艳，桃花丛中有两位姑娘，正唤"刘晨——阮肇——"，还送给两人鲜咧咧的桃子。刘晨、阮肇吃了桃子，肚子不饿了，腿也不酸了，精神十足。二位姑娘说："我们就住在前面，请二位去寒舍小坐，喝点茶，可好？"刘晨、阮肇心想："多亏人家姑娘相救，谢恩还来不及呢，哪有不去的道理？"于是爽快地肯起了药篓。二位姑娘也很高兴，就在前面引路。

刘晨、阮肇跟着二位姑娘走进了桃源，路上柴草很旺，姑娘却走得很轻松。刘晨、阮肇心想："我们是后生，又是采药的，还能走不过女流之辈？"

刘晨、阮肇跟着姑娘来到一个水潭前，前面是高耸的峭壁，没有路了，怎么办？刘晨、阮肇走到峭壁脚下，正要寻找树藤攀登，传来姑娘的笑声，只见二位姑娘什么都没抓，就轻盈地上了峭壁。刘晨、阮肇看得呆了，忽然，一条彩带从空中飘了下来，一条彩虹一般的桥从崖上搭到潭边。"快上来呀！"姑娘在崖壁上喊道。刘晨、阮肇踏上彩桥，桥有些晃动，可走上去却轻盈如飞，等到走过彩桥，回头一看，彩桥霎时不见了。姑娘见他二人木呆呆的，忍不住笑了。刘晨、阮肇见姑娘边笑边收裙带，裙带的颜色不正是刚才桥的颜色吗？这才恍然大悟：眼前二位姑娘是仙女，是二位仙女救了他们的命。此后，二人就与仙女双双结下好姻缘。

仙女用裙带架起的桥化作瀑布，峭壁下的水潭也称作金桥潭。

（天台　丁美华整理）

双女峰

在天台桃源，有两座遥遥相对的山峰，这就是双女峰。说双女峰，就要说到刘晨、阮肇在桃源遇仙的故事。

相传，刘晨、阮肇采药迷路，被二位仙女红桃、碧桃搭救后，双双结下姻缘。两对夫妇恩恩爱爱，白天采药，黄昏下棋。可是半年后，刘晨、阮肇思念乡亲，于是红桃、碧桃含泪相送，将刘晨、阮肇送出惆怅溪。

红桃、碧桃回到桃源洞，思念之情涌上心头。正在此时，洞外昏天黑地，电闪雷鸣，狂风刮得树叶满天乱飞。原来，王母娘娘知道二位仙女与凡人成亲，还将天上的仙药送给两个采药郎，违犯了天命，这还得了，于是带着天兵天将来到桃源洞，要将二位仙女捉拿回天庭处罚。仙女苦苦哀求，可是王母娘娘就是不允。红桃见王母娘娘这样铁石心肠，也就不再哀求，坚决地对王母娘娘说："我对刘郎的爱是坚贞不渝的，我们也决不离开桃源！"碧桃也说："我要等我的阮郎！"王母娘娘说："刘晨、阮肇已经回到人间，也不可能再回来了，你们死了这份心。"红桃说："刘郎一定会回来的，我就是死，也要在这里等。"碧桃也说："阮郎一定会回来的。"王母娘娘气愤地说："你们真的不回天庭？不回天庭不要怪我无情！"红桃、碧桃同声说："我们誓死不回天庭！"王母娘娘用头上簪子狠狠向红桃、碧桃头上一点，二位仙女喊着"刘郎——阮郎——"，渐渐化作两座山峰。

三个月后，刘晨、阮肇回到桃源洞，只见岩壁生苔，雾锁洞门，洞中空空女也，再也找不到红桃和碧桃。刘晨、阮肇心痛欲裂，在山中苦苦寻找，山谷里回荡着他俩的呼喊声。从一位老婆婆的口中，两人得知仙子私自与凡人结婚，又私赠乌药，违犯天条，惹得王母娘娘大发雷霆，把她们化为桃源洞边的两座山峰了。两人听后急急赶回桃源洞，果然见洞边有两座山峰，形似仙子，好像在诉说什么。刘晨、阮肇再也不愿离开桃源洞，就在洞中住下，栽培乌药，以寄托对仙女的相思之情。

（天台　胡建新、陈维整理）

刘门坞

今天我来讲个刘门坞村的故事。刘荫和秦梅梅这一班人来到天姥山地界，找到了个安家的好地方。这地方中间有一方平地，有一千多亩格样大，可以开垦成良田；平地东面流淌着一条不大也不小的溪坑，溪水清澈见底，水中鱼虾成群，石蟹横行；西面是一排起起伏伏的山塆，洪水泛滥时，刚好成为绿色植物的护卫；南面群峰叠嶂，草木葱茏，鸟语花香，是野茶草药的乐园。地方看定后，刘荫、秦梅梅他们搭棚造屋，开田造地，果然用了一年时光就屋成田就，大家分头入住，过起安居乐业的太平日子，一个小屯就这样诞生了，刘荫给它起名"刘门坞"。更让刘荫高兴的是，秦梅梅生个大胖小子，这小子目像老娘，两个瞳珠闪闪发亮，小鼻子生得挺直，嘴唇赤红赤红，都像梅梅，只有皮肤像刘荫，白净白净，龙总讨人喜欢。因为孩子辰时落地，爹娘给他起名"刘晨"。

刘晨降生的时光，正好天下太平，东汉光武帝刘秀登基，定都洛阳已有十多个年头，因而刘晨得以健康成长，不知不觉中长成五岁孩童。刘荫和秦海梅也随着儿子的成长而变老，这就引动他俩的心事一桩：让刘晨去学儒家的《四书》《五经》好呢，还是去学医学的《内经》《外经》《本草经》好？两夫妻反复比较，还是上下不定。东汉时还没有科举制度，穷人读《四书》《五经》是做不了官的，只能当个学究，而学医可以为百姓医病，救人苦难是善事，再加上两夫妻都是从医的，身边有医经竹简，学起来也方便。因此，刘晨从五岁起就开始学医。

刘晨学医十分用功，人又聪明，记性好，到了十岁那年，已将《黄帝内经》《神农本草经》等医书背得滚瓜烂熟，深受"神农尝百草"故事感动，心想也要做神农那样的人。这天正是夏秋交替时节，山上草木茂盛，百花开放，红的红，蓝的蓝，黑的黑，白的白，紫的紫，真好看。山上的野果也多，五颜六色，引得人口水都流下来。刘晨独自出门，沿采药径上刘门山。他拨开荆棘，见山果就摘山果吃，酸的便龇牙咧嘴，逢甜的便囫囵吞枣；见草药就尝，甘的性平，酸的性寒，辣的性热，越尝兴致越高，干脆又摘花朵来吃。山坡上有数丛剑叶状草，挺拔笔直，上开黄色的喇叭花，好生肥大。刘晨将这花朵采来吃，觉得无香无臭，淡而无味，却把它强咽下十数朵，肚子里有饱顿顿的感觉，便往地上一坐，稍微休息了一会儿。

过了一刻，刘晨觉得浑身热烘烘起来，脸上潮热热的，突然感到很兴奋，竟手舞足蹈起来，同时用童嗓高唱起草药歌诀。其歌诀一是："鼻头生疣真难过，鲜摘桐子只一个。快刀一划浆水出，抹鼻七日便好过。"唱好真的爬上大树，摘果子含在口中，不停扭动腰身。过一会儿又唱起歌诀二："女人生子血如注，山羊尾巴可以治。顺手一刀血一盏，喝落肚里血就止。"唱完便扭动屁股，口里"啊唷啊唷"地喊着，走了十多个来回，还一个劲地拍打自己的屁股。随后又用民间的马灯调唱起歌诀三："缝衣针线吞落肚，挖得田鸡两眼珠。吞进肚里过一夜，针线一起出侬肚。"一边唱一边舞动竹梢，一圈一圈地在头上旋转，装出骑马快跑的样子。放下竹梢，刘晨又唱歌诀四："三只洞蜂抵只虎，咬着便要性命无。一点红草伤口搓，随搓随好无痛苦。"唱完哈哈大笑不止，有些疯狂的样子，还有些扬扬得意，仰面朝天，任意扭动。

扭动一阵，刘晨从地上爬起，拍拍衣裤，扬起半天灰尘。他一贯喜欢干净，为何今天这样龌龊？他猛然醒悟自己是吃错了药，连忙跑到草丛中一看，原来自己刚才吃的喇叭花名叫疯茄花，吃了就会发狂，幸亏他吃得不多，头脑还有些清醒，想起医简里有句话说："神农尝百草，日遇七十二毒，遇茶而解之。"他马上在草丛中找到野茶，摘来两大把茶叶，塞进嘴里就嚼，只觉得满口生香，茶浆滑润，用舌一舔，却有些苦涩，屏气吞落肚里。少歇，茶叶果然产生疗效，刘晨头脑清醒起来。他抬头向天空一望，见太阳西斜，就缓步回家了。

（新昌　石永彬、何鸿飞、丁雪堂整理）

[肆] 风俗风物传说

这类传说主要讲述与刘阮相关的名人轶事、民俗、特产等。如《李白梦访刘阮》《歌仙刘三姐》《两位石媳妇》《乾隆皇帝题桃源诗》《郑知县与桃源》《刘三姐本是天台女》《王士性与俪仙馆》《少年张文郁桃源遇仙》《白岩有童遇仙女》《明照遇仙》《棋女巧儿》《仙桃的传说》等。在这类传说中，最突出的是相关实物，如刘阮要采的、仙女守护的"仙药"天台乌药，刘阮与仙女在桃源洞下过的围棋以及天台民间将围棋作为嫁妆的习俗。

刘三姐本是天台女

人人都知道刘三姐山歌唱得好，你知道她是哪里人吗？让我慢慢对你讲。

在我们天台民间，都传说她是刘晨的后代，所以刘三姐本是天台女。刘晨和阮肇在桃源洞遇仙，在仙台之上和红桃、碧桃仙子安身立命，繁育后代，儿女成群。不知过了多少代，有个叫刘尚义的先后生下三个女儿，个个俊美非凡，最小的就取名叫刘三姐。刘三姐生性活泼，常常跟父亲担药进城，卖药换米，山路上响起她那清脆的歌声，引得百鸟共鸣。父亲抽空教她们姐妹识字，随着年龄的增长，刘三姐识字越来越多，唱出的歌也越来越多。

那年正月十五元宵灯会，天台的大街小巷张灯结彩，热闹非凡，城南的溪滩上还搭台演戏，万民同欢。刘三姐和两个姐姐走街串巷，看了元宵节的彩灯以后，就高高兴兴地去戏台看戏。台上正在演出《王母赐福》，当"王母"将一盘仙桃抛向台下人群时，她大概过于激动，突然间向后一仰，摔倒在戏台下。台上台下大惊，匆匆忙忙地把她抬到后台，戏班主见主角出事，一时六神无主。刘三姐的两个姐姐就撺掇小妹上台救场，说："三姐，你素来唱得动听，今夜良辰吉时，不妨向乡亲们献上一曲，也可让大家高兴高兴。"天真善良的刘三姐一听，就大大方方地去找戏班主说了。班主听了大喜，马上请三姐救场。刘三姐红衣绿裤绣花鞋，双目流盼面生光，往台中一站，光彩照人，顿时就让成千上万的乡亲安静下来。她向大家深深一拜，说："我不会演戏，就请大家听我唱首山歌，以求同乐。"她开腔唱道，"天台仙山如莲花，琼台这瓣最妖娆。山有云隈显雄奇，水藏秀谷景更娇。月夜琼台更清丽，仙凡共赏乐陶陶。"刘三姐的歌声悠扬婉转，通俗易懂，一曲唱罢，台下就响起雷鸣般的掌声。从此，刘三姐就在当地小有名气了。

当天晚上，刘家三姐妹看完戏，依着明亮的月光，离开南门溪滩回仙城。刚刚登上大坝，一个家丁模样的人招呼她们说："三位小姐留步，我家公子有请，请你们同到桃源春酒楼吃夜宵，以谢刘三姐的妙歌清音。"刘三姐一怔，说："月上中天，我们要赶路回家，不便去了。"此时，站在不远处的一个公子模样的人走到近处，对三位姑娘一揖道："良辰美景不夜天，三位姑娘稍待一会儿，畅饮几杯，暖暖身子，有何不可？"刘三姐快言快语："公子和我们素不相识，何劳费心款待？还是各奔东西吧。"那公子对刘三姐说："姑娘不肯赏光，大概是把我当成什么存心不良的歹徒了。我告诉你们，在下就是本县县丞的公子裴高瑞，刚才戏台上有幸听到三姐妙音，十分仰慕，万望有缘结识三位姑娘。既然姑娘不肯赏光，那么请刘三姐再唱一首山歌给我听听，如何？"刘家三姐妹怕惹是生非，轻轻一商量，就答应了。刘三姐唱道：'好船不怕滩，好马不怕山。好女不怕难，快步把家还。"唱完，拉着两位姐姐奔下大坝，匆匆回家了。

第二天上午，刘尚义刚要带着刘三姐上山采药，裴高瑞派家丁送来书信一封、白银一锭，说是他父亲六十大寿，想请刘三姐参加寿宴并唱祝寿歌，届时会有轿子接送。刘尚义知道裴公子并非轻浮之人，盛情难却，就答应了。

裴县丞做寿之事办得十分体面，文人雅士云集一堂，刘三姐大开眼界。裴公子也不冷落她，还特地向她敬酒。刘三姐杯酒下肚，粉面生光，更添美丽。裴公子示意她唱歌，刘三姐唱道："寿比南山不老松，老松枝头郁葱葱。一只喜鹊喳喳叫，清正官声冠浙东。"在场的文人雅士听了这几句山野乡音，清丽脱俗，齐声叫好。坐在裴县丞上首的是他的恩师梁八爷，年过八十，满头银发，也张开缺牙的大嘴连连叫好。他招呼刘三姐站到他的身边，再唱一曲。刘三姐有尊老之心，点头应允，开腔就唱："寿堂上下闹盈盈，亲朋好友情意深。多福多寿个个好，梁公长命过百春。"

刘三姐把最后一句唱完，正想启步退下，梁八爷一把拉住她说："你祝我长命百岁，我非常高兴，你先不用唱，听我唱几句如何？"他不等刘三姐答应，就站起身子，摇头晃脑，上气不接下气地开腔唱道："公打单身莫奈何，日夜无伴难得过。老翁当堂聘歌女，定要八十十八同被窝。"

梁八爷竟在寿堂上唱出这等淫词，当真是斯文扫地，全场木然，裴县丞一时间不知说什么好。还是裴公子随机应变，对大家说："今日梁老爷高兴，多喝了几杯，大家不必当真。刘三姐就唱到这里下去歇息吧，请各位亲朋好友乘兴作诗，我们来个赛诗会如何？"裴县丞见儿子说得面面俱到，就恭请各位献诗。本来一场风波可以就此平息，哪知梁八爷依仗富贵权势，竟不要老脸继续出丑，说："刘三姐我娶定了，这就是有缘千里来相会，一见钟情福分好。我出一千两白银，礼聘刘三姐，择下月吉日成婚，要给赤城留下一段'一树梨花压海棠'的佳话。"众人哗然，天下哪有这等强聘之理？刘三姐听了，却是不惊不慌，唱了句"八十老翁不知丑"，快步走了。梁八爷难以下台，竟当堂斥责裴县丞说："若不把此事办妥，小心你头上的乌纱帽！"说完就把酒杯一摔，从袖中摸出一千两银票往桌上一放，带着随从扬长而去。

热闹的寿堂被梁八爷搅得毫无乐趣，宾朋纷纷散去。裴县丞非常不快，却又想不出一点办法。裴高瑞想，父亲县官不当没有什么了不起，梁八爷仗势强聘之事马上会传遍赤城，相信日后朝廷自有公断，现在关键问题是如何保护才貌双全的刘三姐免受老贼凌辱。他和父亲一商议，当即去请来刘家亲属一同商量对策。刘家见裴高瑞是个君子，愿意刘三姐与他定亲。当晚请来三媒六证，写成红绿喜帖，从今以后两人以未婚夫妇相待，待裴高瑞取得功名以后再行大婚之礼。怕八爷生恨捣乱，刘尚义带家人离开仙台，到天台南山的深山冷岙中安家，裴高瑞偕刘三姐离开赤城，到遥远的广西桂林投亲避祸。

从此，桂林就多了一对恩恩爱爱的小夫妻。裴高瑞和刘三姐在象鼻山下安居，男的日夜苦读，女的操持家务，日子过得和和美美。

（天台　周荣初整理）

乾隆皇帝题桃源诗

天下人都向往天台的桃源，连皇帝也向往。乾隆皇帝也想来，他虽然没到过天台桃源，却题写了一首刘阮桃源遇仙的诗。大家都晓得，乾隆皇帝酷爱书画，也喜欢吟诗弄墨，历朝有名的书画，他都有所收藏。

一天，乾隆皇帝对礼部侍郎齐召南说："都说天台山山水神秀，朕想去爱卿故里天台山游玩，你看如何？"齐召南说："天台山离京

都有数千里，路途遥远不说，而且山高峰险，还是不去的好。"齐召南
见乾隆皇帝面色不悦，忙接着说，"皇上想去天台山看看，有一幅画
可请皇上御览。"乾隆点头允许。

不一会儿，太监呈上画作。乾隆皇帝细观良久，只见画上危崖高
耸，云雾缭绕，山泉潺潺，远处山崖上松树盘虬，近处溪水边桃花绽
放，两个郎中身背药篮、药锄走在山径上。整幅画线条流畅，色彩古朴。

"这是谁的画作，画的是天台山？"

"回皇上，这是明代大画家丁远鹏的《天台刘阮图》，画的正是
天台山的桃源，也就是采药郎刘晨、阮肇遇仙的地方。唐代大诗人元
稹、白居易、曹唐都曾写有关于桃源的诗。"

"真是仙境一般的好地方！"乾隆皇帝不禁赞叹。

"皇上文采，天下无人不晓，皇上可否在画上题诗一首？"齐召
南问。

乾隆皇帝欣然提笔，在画的右角上题写："络石绿林漱石凉，远
山紫萝更苍苍。溪边列树云和静，洞口落英水亦香。作记未应拟彭
泽，成诗早见有曹唐。浙东仙境依然在，可复双鬓侍二郎？"

（天台　寂然整理）

棋女小巧

大家晓得，天台大户人家嫁囡有用围棋作嫁妆的习俗，这个习俗

来自一个名叫小巧的因。

小巧是桐丹村人，家里有几亩地，父亲是私塾先生。父亲经常与朋友下棋，叫她端茶招待，她便站在旁边看着他们下棋，久久不肯走开。因此，她不又从小精通女红，还识得围棋。有时父亲不在，她便自告奋勇地与父亲的朋友下棋，竟然也不会输几粒子，有时甚至还能赢几粒子，父亲的朋友都夸这因走棋有天赋。父亲说："小巧走棋是有灵性，要是细佬（男孩）就好了。"在古代，女人是不能在公开场合走棋的。

小巧十五岁那年，出落得很标致，柳叶眉，樱桃嘴，瓜子脸，亭亭玉立。一天，小巧随外婆去护国寺烧香，点香祈祷后，在斋堂用完斋，外婆随和尚师父说说打斋的事，小巧在寺门口等着。不想外婆一直没出来，待她进去打问，师父说已经走了。小巧只好去寺外找，这时有两个少爷公子经过，见小巧生得标致，便上前调戏。小巧反抗着，怒骂着，实在反抗不过，就朝山脚跑去，两个少爷公子紧追不放，叫着："小美人，别跑！小美人，别跑！"

小巧不停地朝寺后的桃源山谷间跑，越跑觉得脚步越轻，把两个少爷公子云在后边。前面是一片桃林，桃林中有一座四面漏窗的草棚，小巧跑了进去，只见草棚里有两位美丽的姑娘在静静地走棋，见小巧气喘吁吁地跑进来，一笑，说："妹妹不必惊慌，桌上有仙桃，吃一个仙桃定定神吧。"小巧点点头，拿了一只仙桃。她看见围棋很兴奋，快步走上前，不想裙带勾住了棋盘一角，一下将棋盘棋子掀翻在地。望着地上的棋子，小巧连声道歉，两位姑娘安慰她说："不要紧的，妹妹不必在意，棋翻了可以再摆回去呀。"只见两位姑娘重新摆好棋盘，捡起地上的黑白棋子，一会儿便将那棋盘一子不漏地复盘回去。小巧看呆了，连称姐姐棋艺好。也不知过了多少辰光，小巧觉得有些困，两位姑娘对她说："妹妹若是累了，就在边上的美人靠上躺一躺。"小巧就依着姑娘的话躺着了，不一会儿就睡着了。

"小巧——小巧——"小巧睁开眼，只见自己躺在一块大石头上，外婆和父母已经在身边。母亲说："囡呀，你做啥在这里？我们找了你一天一夜。"小巧问："两位走棋的姐姐呢？"父亲说："这里哪有走棋的姐姐，是在说胡话吧？"小巧环顾四周，桃林和草棚怎么都没有了呢？小巧自言自语道："我分明看见两位姐姐在这里走棋，她们叫我在美人靠上躺躺。"

"囡，我们回家吧。"母亲说。小巧还是不信，嘴里还是叫着："姐姐……"大家见小巧手里握着什么东西，掰开一看，是两颗棋子，一粒黑子，一粒白子。这是哪里来的？小巧一定说是下棋的姐姐送给她的，可是谁也不相信小巧的话。

小巧回到家，将黑白两粒棋子分别放在两只空棋钵里，不想转日一觉醒来，两只棋钵都是满满的，一钵是黑子，一钵是白子。小巧也觉得惊奇，她相信那日在桃源确是遇见仙女了。她不告诉任何人，就是说了也没人相信。

两年后，父母将小巧婚事订下了，夫家上下都是老实本分的人。不久，就到了小巧出嫁的日子。小巧对父母说，想要闺房的围棋盘、围棋子作陪嫁。父亲笑着说："用围棋作陪嫁，算不上啥大事，我只想问，你是咋想的呢？"小巧说："围棋的棋盘是方的，棋子是圆的，寓意做人要有方有圆，不可固执；二是棋盘是一个个方格，意思是做人要端端正正；三是棋子有黑有白，意思是对待善恶要黑白分明；四是围棋子很多，意为多子多福。"父亲说："小巧说得真好！"母亲也说："我们就用围棋作小巧的陪嫁！"

小巧出嫁那日，围棋盘、围棋子放在最显眼的位置，人们都觉得很新奇，可是听小巧家人一说缘故，都觉得好。此后，围棋就成了天台大户人家姑娘出嫁时不可少的陪嫁。

（天台　孙明辉整理）

三、刘阮传说的基本特征

刘阮传说除具备民间文学的口头性、集体性、传承变异性等共性特征外，还在地域原生性、情节传奇性、传承历史性、流传广泛性等方面有着鲜明的个性特征。

三、刘阮传说的基本特征

刘阮传说除了具备民间文学应有的口头性、集体性、传承变异性等特征之外，还存在地域原生性、情节传奇性、传承历史性、流传广泛性等鲜明的个性特征。

【壹】地域原生性

传说是地域性很强的口头文学，农耕社会交通不便，人们外出交流不多，因此，传说都带有明显的地方特色。

刘阮传说以天台山为依托。天台山，地处浙江省东部，因"山有八重，四面如一，顶对三辰，当牛女之分，上应台宿，故名天台"（南朝陶弘景《真诰》）。群山连绵，崖岩峻峭，泉瀑相映，洞穴众多，奇特的自然环境为刘阮传说的产生和流传提供了客观条件，也使传说更具地域特色。刘晨、阮肇采药遇仙，与二位仙女相遇相爱、惆怅送别等情节与山水景观一一对应，最具代表性的当属天台县桃源坑一带、新昌县刘门山一带，其传说内容丰富而生动。

天台桃源坑为天台山西南的一道山谷，今属白鹤镇天宫办事处，山崖耸峙，流泉深潭，坑口有上宝相村、下宝相村、护国寺等。与地名相关的传说有《金桥潭》《双女峰》《桃源洞的来历》《惆怅溪头别仙女》《俪仙馆》等。

新昌刘门山今属南明街道，位于沃洲、天姥两山之间，为天台山余脉，群峰攒簇，烟霭迷离。《阮家村》《迎仙桥传说》《刘门坞》《刘阮庙》等，均与当地的地理风貌和自然景观相对应。

在刘阮传说的发生地，还保留着许多与传说相关的古迹和地名，如天台县桃源有双女峰、金桥潭、迷仙坞、会仙石、俪仙馆、桃源洞、惆怅溪，新昌县刘门山有刘门洞、采药径、阮公坛、刘阮庙、惆怅溪、桃源洞，宁波鄞州武陵山有桃源溪、圣女山、棋盘石、栖凤山，还有嵊州阮庙村、余姚四明山的四窗岩、缙云的阮客洞等。

【贰】情节传奇性

情节的传奇性是民间文学的重要特质。所谓传奇性，是指故事情节在总体符合现实逻辑的基础上，通过夸张、巧合、超现实的想象等虚构手段，构造奇情异事，使故事曲折离奇，高潮迭起，引人入胜。曲折离奇的情节也是传说得以流传的根本。自古以来，神怪故事就是民间文学的重要组成部分。刘阮传说以人仙恋爱为主线，衍生出一系列传奇故事。

刘阮传说的内核是"遇仙"，最大的传奇性也在于"遇仙"。不但采药郎遇上仙女、与仙女相爱，而且刘晨、阮肇二人分别与二位仙女结为伉俪，这样的故事本身就充满传奇色彩。仙女美丽多情，温柔可爱，大胆追求人世间的爱情，如流传于天台县的《天台山遇仙记》和流传于新昌县的《刘阮遇仙》，都表现了仙女对采药郎的主动追求。

两个来自剡溪的采药郎在天台山采药，迷了路，干粮殆尽，倒在山涧喘息，忽见溪流中漂来胡麻饭，还有菜叶，二人惊喜万分。桃林间出现了二位绝色女子（许多传说称之为红桃、碧桃），如熟人一般，直呼两个后生的名字，并引二人去了桃源洞，与二人结成良缘。传说的情节可谓一波三折。

因为两位女主人公是天上的仙女，情节的离奇也在情理之中。此后，两对夫妻恩爱有加，白天采药，晚上下棋。半年以后，刘晨、阮肇思乡心切，善解人意的仙女依依送别（也有仙女以草马相送之说）。刘晨、阮肇回到家乡，却是人面不识，询问村民，才知已经过了七世。当二人再回桃源时，桃源洞已是人去楼空，二位仙女化为双女峰，缘由是她们将仙药（即"天台乌药"）赠予刘晨、阮肇，触犯了天规。悲痛之余，刘晨、阮肇在双女峰下为百姓治病，手到病除，被称为"神医"。《仙草治病》《神医点化》《揭榜救亲》《阮肇进宫》等传说，都是讲述遇仙后的刘晨、阮肇在天台山悬壶济世的故事。

刘阮传说的情节传奇性还体现在它的道家印记，如采药郎所遇为仙女，二人遇仙后也由凡成仙，以及"仙山半年人间七世"之说等，无不笼罩着道教的色彩。在刘阮传说主要流传区域，就有许多道家的洞天福地。如天台赤城山的玉京洞为道家十大洞天之第六；

四明山洞周回一百八十里，是道家三十六洞天之第九，名曰"丹山赤水天"；道家七十二福地之第十四在天台灵墟，第十五在新昌沃洲，第十六在新昌天姥，第六十在天台司马悔山。从汉代起，这些洞天福地就吸引了众多道士、隐士在此炼丹采药，隐真学道，也留下了大量道家传说。

天上仙女与凡间采药郎相亲相爱，传说中既有人间的风土人情，也有仙境的虚无缥缈，既有人间的平民百姓，也有天上的神仙，既有人世的艰辛，也有仙界的重规，既有结缘的美好，也有离别的惆怅，既有仙女化作双女峰的坚贞不屈，也有刘阮厮守双女峰的矢志不移。天上人间，悲欢离合，诸多元素共同构成了这一人仙爱情传说。

【叁】传承历史性

自东晋时以文字记录刘阮传说，千百年来，刘阮传说一直出现在诗、词、杂剧、小说中，成为中国古代最有影响的文学典故之一。

刘晨、阮肇在天台山采药不是子虚乌有，至于遇仙的故事自然就是后人的想象。刘阮传说具体起始年代不可考，在民间也是代代相传，在流传的过程中不断地被加工、充实、诠释、丰富。从文字记录来看，如果从东晋干宝的《搜神记·天台二女》以及南朝宋刘义庆的《幽明录·刘晨阮肇》说起，刘阮传说已历经近一千七百年。自唐代以后，历朝都以不同的文学样式演绎这一传说，如唐诗、宋词、元杂剧等，特别是唐代曹唐的《拟刘晨阮肇游天台》《拟刘阮洞中遇仙子》《拟仙子送刘阮出洞》《拟仙子洞中有怀刘阮》《拟刘阮再到天台不复见仙子》等五首诗、元代马致远的杂剧《刘阮误入桃源洞》、王子一的《刘晨阮肇误入桃源》等。与《幽明录·刘晨阮肇》相比，这些诗歌、杂剧对人物情感的描绘要细致得多，推动刘阮传说进一步普及。

刘阮传说的历史性还体现在载入史志，与名胜古迹紧密相连。在南宋《嘉定赤城志》《剡录》、明代《天台山方外志》《绍兴府志》《新昌县志》、清代《天台山方外志要》《一统志》以及当代的《天台县志》《天台地名志》《新昌县志》《新昌地名志》《嵊州地名志》《四明山志》等中，都有对刘阮传说的记载。一些与传说相关的遗迹被列为当地名胜古迹，如天台县"桃源春晓"早在元代就被列为天台八景之一，新昌县刘门山村的刘阮庙、嵊州市阮庙村的阮庙均被列为当地的文物保护单位。

除了文人的演绎、方志的记录外，刘阮传说还延伸到当地的民俗层面。天台女子出嫁以围棋为嫁妆的习俗，也是由刘阮传说而来。在传说中，刘晨、阮肇要采的药材是天台乌药，这是仙女在此守护的仙药，可最终还是将乌药送给了刘、阮，也将仙药带给了人间。如今，围棋和天台乌药已经成为天台当地有影响的"金字招牌"。

【肆】流传广泛性

刘阮传说源于民间，后来呈现出民间口耳相传与文人记录互为推动的态势，流传面不断扩大。故事以外，天台、新昌两地还产生了众多与之相关的民间歌谣，如《扯拉天》《胡麻饭》等，寥寥几句，朗朗上口；而《神仙眷属》《刘阮念仙十二月》等则是仿"十二花名"唱诵的长歌谣。

刘阮传说的流传广泛性，还在于天台山及周边保留了许多与之相关的遗迹。如嵊州的阮庙村相传是阮肇的故乡，村中还建庙供奉阮肇；缙云县壶镇的阮客洞相传是阮肇遇仙后修炼的地方，洞外有古人的摩崖题刻。天台的桃源坑、新昌的刘门山、余姚的四窗岩、宁海的桃花岙、宁波鄞州的武陵山则相传是刘阮遇仙的地方。众多与传说相关的遗迹，使传说的流传更为广泛。

刘阮传说的流传广泛性还表现在形式的多样性，绘画、木雕、竹刻等从不同角度诠释刘阮传说。特别值得一提的是元代画家赵苍云的《刘晨阮肇入天台山图》，它细腻而传神地描绘了十个场景，展现了刘晨、阮肇入天台山采药遇仙的经过。1966年，上海宝山县的明代朱守城夫妇墓中出土《刘阮入天台》竹雕香筒一件，为明代竹刻名家朱缨作品，采用浮雕、镂雕、留青等多种技法，栩栩如生地刻绘了刘阮入天台的故事。

随着中华文化的域外传播，刘阮传说在海外汉文化圈广泛流传，呈现于诗歌、小说、戏曲、音乐、绘画等不同领域，充分展示了这一人神遇合母题的永恒魅力。可以说，凡是华人居住的地方，都有刘阮遇仙传说的流播。朝鲜文学以此为典故，经久不衰。日本平安时代出现的浦岛传说汲取了中国道教文化、志怪文学的多种因素，其中就有《幽明录·刘晨阮肇》与陶渊明《搜神后记·袁相根硕》两个故事的影子。日本早期典籍《风土记·浦岛子传》采用了刘阮传说的叙事结构，刘阮传说也成为浦岛神话故事的源头。日本平安时代中期公卿、学者菅原道真将刘阮传说作为诗歌吟咏的题材。1943年，日本学者出石诚彦著《中国神话传说研究》，书中将"刘阮天台传说

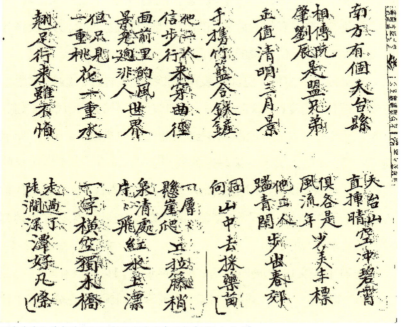

日本东京大学东洋文化研究所收藏的清唱本《刘阮入天台》

的考察"作为一个章节阐述；民国初年，日本著名文献学家长泽规矩也在中国购买清末的俗曲唱本《刘阮入天台》，现藏于东京大学东洋文化研究所。越南盛行水上木偶，又称水傀儡，是最具地方特色的传统舞台戏，在常演剧目中就有《刘阮入天台》。

传说是一个区域的人民群众集体创造、口耳相传的民间文学，体现了百姓的情感和向往。刘阮传说的地域性、传奇性、历史性和广泛性，使之成为中国最具浪漫色彩的人仙爱情传说之一，"刘阮入天台"成为文学典故，在文人中广为流传。刘阮传说上千年传承不衰，影响深远，也证明了它的魅力。无论是普通百姓还是皇帝天子，都能从中感受到真善美的情怀。

四、刘阮传说的价值和影响

刘阮传说于南朝时被文人录入志怪小说，影响深远，既是文学创作的素材，又是研究魏晋时期浙东地区百姓生活状态和风土人情的资料。唐代以降，随着文学样式的变更，刘阮传说活跃于唐诗、宋词、元曲、明清杂剧和小说中，散发着永恒的光彩，许多文学作品都与刘阮传说结下了不解之缘。

四、刘阮传说的价值和影响

　　刘阮传说于南朝时被文人录入志怪小说，影响深远，既是文学创作的素材，又是研究魏晋时期浙东地区百姓生活状态和风土人情的资料。千百年来，它被骚人墨客写于笔下，被民众传于口头。唐代以降，随着文学样式的变更，刘阮传说活跃于唐诗、宋词、元曲、明清杂剧和小说中，散发着永恒的光彩，许多文学作品都与刘阮传说结下了不解之缘。"刘郎""阮郎"成为情郎的代名词，"前度刘郎"成为归来人的专指，"天台""桃源"成为仙界的代称，而"桃源遇仙"则是美好爱情的象征。刘阮传说成为中国古代文学作品中征引最多的典故之一。

［壹］刘阮传说的文化价值

一、刘阮传说表达了百姓对和平生活的渴望

　　东汉末年至魏晋南北朝，中华大地战乱频仍，乱世之中，老百姓饥寒交迫、流离失所、朝不保夕。现实无望，生命无常，人们对神灵鬼怪之事津津乐道，以求忘却现实的痛苦。在这种大背景下，刘阮传说应运而生。天台桃源仙景与苦难现实形成鲜明对照，成为人们寄托精神的乐园。

刘晨、阮肇悬壶济世，不畏艰险到天台山采药；仙女则将上天的仙药赠予刘阮，因而受到王母娘娘的惩罚，双双化成山峰。仙女、刘阮共同为民造福，成了人们心中的偶像。在天台的许多药王庙中，都供奉有刘晨、阮肇以及二位仙女的塑像。

刘阮传说脍炙人口，经久不衰，在于它构造了一个自由幸福的人间乐园。这对于兵连祸结、战乱纷扰的魏晋南北朝时期的百姓来说，是一处梦寐以求的理想世界。

仙女居住的地方，"南壁东壁，各有绛罗帐，帐角悬铃，上有金银交错"，吃的是胡麻饭、山羊脯、仙桃，这里没有贫困，没有压迫，没有欺诈，刘阮在深山洞窟里与仙女相识、相爱、相欢，短暂的数日宛如尘世间的数世。如此美好的生存环境，正是劳动人民所渴望的。刘阮思乡，与仙女依依惜别，不想"仙山半年人间七世"，回到故乡，面目全非。这短暂的"数日"与"数世"却有深刻的意蕴，三百年的人仙爱情跨越了时空，也跨越了人间仙界，表达了百姓对于和平美好生活的向往。

二、刘阮传说表现了封建时代女性的爱情追求

刘阮传说以人仙相爱为主题，塑造了两位热情奔放的仙女形象。人仙恋爱，这种质朴自然的男女之爱体现了道家的"天人合一"，更体现了情性和合之意。

在古代，妇女地位相对较低，是男性的附属品，但自古以来不乏追求婚姻恋爱自由者，桃源洞里的仙女正是卓文君式的爱情追求者。仙女"资质妙艳"，"似如有旧"，一见面就非常欣喜，"来何晚耶"显示纯情大方，"因邀还家……令各就一帐宿，女往就之"显示情爱上的主动，既无父母，又无媒妁，女爱男欢，毫无顾忌。二位仙女不仅貌美绝伦，纯情大方，而且不拘礼仪，对凡间的采药郎产生爱意，便勇敢地冲破天规，大胆追求。当刘阮二人思乡欲归时，二仙虽然难分难舍，可是体谅夫君，相送于惆怅溪。为了守护这份难得的爱情，二仙违反天规，将仙药送给刘阮，让他们带回家乡为民治病。二仙受到王母的重惩时，坚决不回天庭，宁可在桃源化作双女峰，其坚贞不渝，可歌可泣。二位仙女大胆追求爱情，实现灵与肉的结合，正是魏晋南北朝时期社会风尚的曲折反映，表达了百姓对美好爱情的向往。

三、刘阮传说的认识鉴赏价值

任何文艺作品（包括传说故事）都是某个特定历史时代的产物，无不打上时代的印记。作者会把自己的主观见解、生活感受，通过艺术加工融入所创作或讲述的故事中，形象生动地展现给读者。在民间，刘阮传说也不断地被加工、充实、诠释、丰富，读者可以从中品读出各个历史时期的社会风尚和风土人情。因此，刘阮传说具有认识鉴赏价值。

1. 通过刘阮传说了解当时浙东地区百姓的生存状况

在战乱的岁月里，百姓能够安心生计已属不易。在传说中，生长于浙东的年轻郎中刘晨、阮肇为了生计（不管是为乡人治病还是卖药换钱度日）从剡县到天台山采药，一路奔波跋涉，"粮食乏尽，饥馁殆死"，看见桃子长在对面"永无登路"的"绝岩邃涧"上，便"攀援藤葛，乃得至上"，表现了药农生活的艰辛。在刘阮传说中，有相当一部分是描述刘晨、阮肇二人在天台山遇仙女之前的生活，从中可以窥见当时百姓的生活是何等艰难。

2. 通过刘阮传说探查道教的演变和三教融合的趋势

两汉时期盛行的民间传闻、人物事迹，都与巫、道有关，这是当时浙东民俗文化和意识形态的充分反映。"误入桃源"成为天台山的道教掌故，从最初的民间传说、简短的志怪故事到后世文人的不断改写，其情节经历了由误入桃源遇仙到宿命姻缘的仙凡之恋的嬗变。"（刘阮）故事通过用神仙传说命名自然风物的方式来宣传道教教义、升华仙道信仰，其文化意义及效果，为仙道文学的发展走向提供了新思路。综观故事流变，不仅可直接考察时代特征，领略时代文化精髓，还可就此打通当代人与传统文化精神相契合的通道。从宗教层面上，可见道教人生观在故事情节中的映象。"（张兰花《刘阮遇仙故事的流变及其文化意蕴》）

刘阮传说告诉世人山里有神仙，为道教的入山修炼以求长生不老做了最好的宣传。"既出，亲旧零落，邑屋改异，无复相识。问讯得七世孙。"刘阮在山洞里住了半年，人世间已经过了七世，可见洞里的仙境生活多么美好，刘阮传说在劝说世人修仙学道、长生不老方面影响深远。同时，刘阮遇仙传说及其演化过程为研究中国道教修炼养生、长生不老现象与环境（即名山、洞天、福地）的关系提供了素材，也为研究道教如何融合儒释为己所用提供了样本。

四、刘阮传说的旅游开发价值

刘阮遇仙地——桃源，历代为人颂扬。宋天台县令郑至道率民开发桃源；"游圣"徐霞客曾两度游览桃源，欲穷其胜；明代旅行家王士性感于桃源的秀丽风光，修建俪仙馆，期待仙女降临。"桃源春晓"被列为天台八景之一，吸引众多游客。

在旅游成为生活时尚的今天，桃源的开发提上议事日程。2016年，浙江省天台县创建首批国家全域旅游示范区，该县白鹤镇依据"桃源"这一特有的人文资源，围绕"牵手桃源、约定今生"爱情主题规划旅游蓝图，提出"遇仙之旅"的概念，即依托刘阮遇仙传说的原型，将旅途归纳为从"美丽家园""悠然田园"到"浪漫桃源""普光仙境"的路线，其中，"美丽家园"指镇区的大型旅游项目刘阮民俗村，"悠然田园"指护国村、下郭洋村和白水村的休闲田园，"浪漫桃源"指桃源春晓核心景区、刘阮遇仙之地，"普光仙境"指普光山村、莲花村等山中的仙境古村。另外还有"情诗之路"，将主题旅游片区内的旅游环线打造成一条情诗之路。新昌县也将刘门山、刘门坞、桃树坞一带以"桃源仙境"之名列入天姥山景区开发建设，景点包括采药径、仙人洞、棋盘石、惆怅溪、迎仙桥、刘阮庙等。2013年，新昌县风景旅游局以刘阮传说为原型，推出了国内首部散文旅游微电影《缘梦新昌之天姥传奇》。

[贰] 刘阮传说与诗词曲赋

刘阮传说中浪漫、唯美的人仙爱情以及仙界的美好，给文人带来美妙的灵感。在灿如星河的古代诗歌中，涉及刘阮传说的多达千首。诗中有直接叙说刘阮遇仙故事的，有借刘阮传说抒发情感的，有给刘阮传说画作题诗的，等等。

一、诗

1. 关于刘阮传说的诗

刘阮传说进入诗歌始见于唐代，多为叙事诗。最早认为"天台二女"所在地为"桃源"的是唐代诗人曹唐。他在寓居江陵寺院时，见寺壁有《天台二女图》，特作游仙诗五首，总名《拟桃源》，生动形象地记叙了刘晨、阮肇入桃源——遇天台二女——二女送别——怀念——刘阮再寻二女的整个过程，描绘他们奇遇、眷恋、惜别、怀念的悲欢离合。

拟刘晨阮肇游天台

树入天台石路新，云和草静迥无尘。

烟霞不省生前事，水木空疑梦后身。

往往鸡鸣岩下月，时时犬吠洞中春。

不知此地归何处，须就桃源问主人。

拟刘阮洞中遇仙子

天和树色霭苍苍，霞重岚深路渺茫。

云实满山无鸟雀，水声沿涧有笙簧。

碧沙洞里乾坤别，红树枝前日月长。

愿得花间有人出，免令仙犬吠刘郎。

拟仙子送刘阮出洞

殷勤相送出天台，仙境那能却再来。

云液每归须强饮，玉书无事莫频开。

花当洞口应长在，水到人间定不回。

惆怅溪头从此别，碧山明月闭苍苔。

拟仙子洞中有怀刘阮

不将清瑟理霓裳，尘梦那知鹤梦长。

洞里有天春寂寂，人间无路月茫茫。

玉沙瑶草连溪碧，流水桃花满涧香。

晓露风灯零落尽，此生无处访刘郎。

拟刘阮再到天台不复见仙子

再到天台访玉真，青苔白石已成尘。

笙歌冥寞闲深洞，云鹤萧条绝旧邻。

草树总非前度色，烟霞不似昔年春。

桃花流水依然在，不见当时劝酒人。

明李天秩作《刘晨阮肇入天台》《仙子送刘阮出洞》《仙姬怀刘阮》《刘阮再到天台不复见仙子》：

刘晨阮肇入天台

花雨缤纷满目新，翠微深处静无尘。

鹿含芝草仙家路，山锁明霞物外身。

叠嶂阴森疑玉露，双姝绰约若晴春。

金桥玉涧神仙府，错认秦时避世人。

仙子送刘阮出洞

采药随云到上台,尘思未尽亦虚来。

初逢桃实千峰换,又饭胡麻一径开。

好好鸾胶何日续,翩翩鹤驾几时回。

名花斗艳山光悦,却趁春风衬锦台。

仙姬怀刘阮

偶授霞裾云锦裳,春风骀荡日初长。

徘徊府外殊亲切,邂逅光阴亦渺茫。

流水有心覃琼泛,空山无侣百花香。

几回悒悒当芳华,人间那堪住二郎。

刘阮再到天台不复见仙子

昨入仙源却似真,分明见得绝埃尘。

蝶蜂不到云为障,鸡犬无声山是邻。

曲曲花溪融白昼,茸茸芝径惜长春。

蓬莱讵是无寻觅,相对佳山如美人。

清张铣有《刘阮行》:

刘阮采芝入山谷,山路萦回曲复曲。

水尽旋见山色碧，山穷又见涧水绿。

行行山路无穷止，烟霞茫茫笼深涧。

但听哀猿绕树啼，无数鸟声幽谷里。

忽然玉碗泛胡麻，相惊深处有人家。

溯沆直至深山处，洞口灼灼泛桃花。

云际楼台若图画，珠帘掩映清泉挂。

鹧鸪孔雀锦鸡鸣，琪花瑶草何光怪。

二女云霞佩陆离，笑谓郎君来何迟。

入室锦屏云母列，红蕖碧杜香风吹。

吁嗟仙境难久寓，悠悠人世须臾度。

思家惆怅别溪头，水声呜咽朝复暮。

玉书欲寄无鹤传，明月苍苔夜夜悬。

至今洞口花长在，哪见双姝戏水边？

2. 关于刘阮传说发生地的诗

宋代以后，文人墨客游览天台山，写下了大量关于刘阮遇仙的诗，著名的有宋代王十朋《桃源》、周必大《桃源观》、高似孙《别天台》、赵鼎臣《过刘阮洞》、赵汝愚《刘阮庙》、王沔之《刘阮洞》、顾士龙《经天台刘阮洞因雨作不及游》、王汉之《刘阮洞》二首、姜夔《夏日天台》、洪适《刘阮洞》、陆可大《桃源洞》、丁丕《桃源》，元代曹文晦《桃源春晓》、朱思平《桃源》，明代陈继畴《惆怅溪》、项复弘《刘阮游天台》、庞泮《桃源洞》二首、陈尧《游桃源》、谢铎《重游桃源》、范吉《桃源》、潘碧天《桃源洞》三首、王士性《桃源行》、许国光《桃源春晓》、陈瓒《桃源洞》、释传灯《与林侍御先生游桃源》二首、周振《桃源洞》、刘友鹤《桃源》、陈子龙《刘阮洞》、朱恩《桃源洞》、叶良佩《桃源洞》、潘珹《桃源洞》四首、张元声《春日偕陆丽京游桃源》，清代齐召南《桃源春晓》、张利璜《鸣玉涧》、袁枚《惆怅溪》六首、阮鹗《桃源》二首、王士禄《天台二女》、张联元《桃源洞》、陈溥《桃源春晓》、张铣《桃源和韵》、胡云客《访桃源洞》、潘耒《桃源》、陈天颜《桃源》、洪若皋《桃源洞》、金品三《桃源杂咏》三首、张友密《桃源洞》，近代康有为《游桃源》等。

宋王十朋《桃源》：

　　　　洞水桃花路易迷，不同人世下成蹊。
　　　　自从重入山中去，烟雨深深锁旧溪。

宋赵汝愚《刘阮庙》：

　　　　当年刘阮意何穷，莫谓仙凡事不同。

解到琼台双阙下，遥知道骨与仙风。

宋王汉之《刘阮洞》其一：

二女春游阆苑花，醉邀刘阮饭胡麻。

仙衣忽逐笙箫去，空倚山头恨落霞。

其二：

洞府门闲白日赊，碧潭清影照云霞。

弄珠人捧江皋佩，刻玉岩开阆苑花。

风月有情回俗驾，尘埃无处问仙家。

归来长望金桥处，露滴桃源一径斜。

宋晁公为《刘阮洞》：

桃𣏌开已繁，溪水溅溅去。

不见持杯人，自叹来何暮。

明潘碧天《桃源洞》：

> 千年老树万年山，洞口仙娥自玉颜。
>
> 刘郎当时那得见，浪传浮迹在人间。

明陈继畴《惆怅溪》：

> 溪边送别意徘徊，水自东流花自开。
>
> 愿作峰头云一片，朝朝暮暮去还来。

近代康有为《游桃源》：

> 桃源无复有仙家，流水依然曲径斜，
>
> 春日不来秋又老，聊将红叶作桃花。

3. 借用刘阮传说典故的诗

唐代以后，刘阮遇仙传说作为典故入诗的不胜枚举，著名的有李冶《送阎二十六赴剡县》、王涣《惆怅诗十二首》、权德舆《桃源篇》、王昌龄《题朱炼师山房》、卢纶《酬金部王郎省中春日见寄》、王维《奉和圣制幸玉真公主山庄因题石壁十韵之作应制》、孟浩然《游精思题观主山房》、白居易《县南花下醉中留刘五》《酬刘和州戏赠》《赠薛涛》、刘禹锡《再游玄都观》《戏赠看花诸君子》、元稹《古艳诗二首》《代丑江老人百韵》、李商隐《无题四首》、张佐《忆游天台寄道流》、李阳冰《阮客旧居》、杜牧《宿东横山濑》、司空图《游仙》之二、吕洞宾《曾随刘阮醉桃源》、顾况《寻桃花岭潘三姑台》、刘长卿《过白鹤观寻岑秀才不遇》《赠微上人》、武元衡《代佳人赠张郎中》、皮日休《夜看樱桃花》、苏轼《秀州报本禅院乡僧文长老方丈》、元好问《无题》、杨维桢《登华顶峰并引》、陈孚《天台怀古》、高启《山山楼观图》、贡性之《题画扇》《题画》二首、汤显祖《送饶太医归东邑》《吴拾芝访星子吴句容并招谢山子广陵》、范理《游天台山》、王士性《别友人还天台》、陈函辉《答友人问台州有何佳境》等。

元稹《刘阮妻》之一：

芙蓉脂肉绿云鬟，罨画楼台青黛山。

千树桃花万年药，不知何事忆人间？

白居易《县南花下醉中留刘五》：

百岁几回同酩酊，一年今日最芳菲。

愿将花赠天台女，留取刘郎到夜归。

孟浩然《游精思题观主山房》：

　　误入桃源里，初怜竹径深。

　　方知仙子宅，未有世人寻。

　　舞鹤过闲砌，飞猿啸密林。

　　渐通玄妙理，深得坐忘心。

皮日休《夜看樱桃花》：

　　纤枝瑶月弄圆霜，半入邻家半入墙。

　　刘阮不知人独立，满衣清露到明香。

吕洞宾《曾随刘阮醉桃源》：

　　曾随刘阮醉桃源，未省人间欠酒钱。

　　一领布裘权且当，九天回日却归还。

4. 关于刘阮传说的题画诗

　　元明以来，以刘阮遇仙为题材的画作渐渐增多，题画诗也应运
而生，其中不乏好诗，如元代叶颙《题刘阮遇仙图》、揭傒斯《天台

图》、赵孟頫《题商琦桃源春晓图》、丁复《题方壶子天台图送曹士
安省亲还上清》、㖨旋《题天台桃源图》、成廷珪《阮子华所藏桃源
图》,明代唐肃《刘阮天台图》、徐渭《刘阮天台图》、程敏政《刘阮
遇仙图》、徐庸《题刘阮天台图》、文徵明《刘阮天台图》、陆治《题
桃源仙洞扇》,清代高宗弘历《题丁云鹏天台刘阮图》、沈宗骞《题
天台采药图》等。明代程敏政的《刘阮遇仙图为杨克敬通政赋》是
其中最长的一首,共有九十八句。

赵孟頫《题商琦桃源春晓图》:

宿云初散青山湿,落红缤纷溪水急。

桃花源里得春多,洞口春烟摇绿萝。

绿萝摇烟挂绝壁,飞泉淙下三千尺。

瑶草离离满涧阿,长松落落凌空碧。

文徵明《刘阮天台图》:

风吹天台落瑶华,飞湍激涧流胡麻。

沿流百步恍有得,琼桃万树蒸红霞。

珠宫贝阙中天起,绰约冰姿见仙子。

一笑相逢如有期,宿缘未尽非今时。

霓旌翠葆青鸾坠，云鬟雾鬓芙蓉肌。

此生岂识天上乐，尘身忽动人间思。

归来人世已非昔，始信山中岁为日。

痴愚刚为玉人怜，回首千山暮云碧。

徐庸《题刘阮天台图》：

白云苍霭迷行路，水复山重不知处。

行过洞谷有人家，忽见东风万桃树。

芳香艳态娱青春，花间得遇娉婷人。

五铢衣薄卷烟雾，笑语便觉情相亲。

神仙虽遇终离别，千古佳名自传说。

天台山水至今存，桃源望断空明月。

清高宗弘历《题丁云鹏天台刘阮图》：

络石绿林漱石凉，远山紫萝更苍苍。

溪边列树云和静，洞口落英水亦香。

作记未应拟彭泽，成诗早见有曹唐。

浙东仙境依然在，可复双鬟待二郎？

二、词

自晚唐起，刘阮专说开始入词。著名的有毛文锡《诉衷情》、阎选《浣溪沙》、李煜《菩萨蛮》其二、薛昭蕴《浣溪沙》、顾敻《甘州子》、鹿虔扆《女冠子》、张泌《女冠子》、李珣《女冠子》、和凝《天仙子》二首、皇甫松《天仙子》、温庭筠《思帝乡》、韦庄《天仙子》、周邦彦《苏幕遮·风情》《玉楼春·桃溪不作从容住》、苏轼《鹧鸪天》《减字木兰花·送别》、赵师侠《武陵春·和王叔度桃花》、张炎《露华·乱红自雨》、张景修《虞美人》、张炎《踏莎行》、辛弃疾《贺新郎·柳暗凌波路》、曾允元《水龙吟·春梦》、张翥《满江红·钱舜举桃花折枝》、刘基《念奴娇·红树》、刘秉忠《临江仙·桃花》、王夫之《点绛唇·碧桃》、戴冠《江城子·春》、莫秉清《南乡子·春愁》、顾长任《清平乐·春闺》、尤侗《浪淘沙·题刘六皆桃源图》、李渔《惜分钗》等。

苏轼《减字木兰花·送别》：

天台旧路。应恨刘郎来又去。别酒频倾。忍听阳关第四声。

刘郎未老。怀恋仙乡重得到。只恐因循。不见如今劝酒人。

司马光《阮郎归·渔舟容易入春山》：

渔舟容易入春山，仙家日月闲。绮窗纱幌映朱颜，相逢醉梦间。

松露冷，海霞殷。匆匆整棹还。落花寂寂水潺潺，重寻此路难。

欧阳修《阮郎归·刘郎何日是来时》：

刘郎何日是来时。无心云胜伊。行云犹解傍山飞。郎行去不归。

强匀画，又芳菲。春深轻薄衣。花无语伴相思。阴阴月上时。

周邦彦《玉楼春·桃溪不作从容住》：

桃溪不作从容住，秋藕绝来无续处。当时相候赤阑桥，今日独寻黄叶路。

烟中列岫青无数，雁背夕阳红欲暮。人如风后入江云，情似雨余粘地絮。

张炎《露华·乱红自雨》：

乱红自雨，正翠蹊误晓，玉洞明春。蛾眉淡扫，背风不语盈盈。

莫恨小溪流水，引刘郎、不是飞琼。罗扇底，从教净冶，远障歌尘。

一掬莹然生意，伴压架荼蘼，相恼芳吟。玄都观里，几回错认梨云。花下可怜仙子，醉东风、犹自吹笙。残照晚，渔翁正迷武陵。

兰楚芳《折桂令·相思》：

可怜人病亘残春，花又纷纷，雨又纷纷。罗帕啼痕，泪又新新，恨又新新。

宝髻松风残楚云，玉肌消香褪湘裙。人又昏昏，天又昏昏，灯又昏昏，月又昏昏。

被东风老尽天台，雨过园林，雾锁楼台。两叶愁眉，两行愁泪，两地愁怀。

刘郎去亡来也那不来，桃花谢也开时节还开。早是难挨，恨杀无情，杜宇声哀。

李存勖《忆仙姿》：

曾宴桃源深洞，一曲清歌舞凤。长记欲别时，和泪出门相送。如梦，如梦，残月落花烟重。

由刘阮遇仙传说产生的词牌有【阮郎归】【如梦令】等。

【阮郎归】又名【阮郎迷】【宴桃源】【醉桃源】【碧桃春】【濯缨曲】等，最早在唐代教坊使用，常用来写冶游、艳遇。此词牌双调四十七字，前后片各四平韵，属南曲南吕宫。

【如梦令】又名【宴桃源】，源于后唐庄宗李存勖吟咏刘阮遇仙的词《忆仙姿》。这首词以刘阮的口吻，回忆当年天上人间的爱恋，爱情苦短，与仙女洒泪挥别后便成永隔，恍如一场春梦了无痕。宋代苏轼嫌其直白，少了一分含蓄，取其"如梦，如梦，残月落花烟重"句，把词牌【忆仙姿】改为【如梦令】。【如梦令】是小令，短而清新，多抒写花娇柳媚，儿女情长。

三、赋

刘阮传说进入赋中，最早见于谢灵运的《江妃赋》。《江妃赋》称刘阮所遇之仙女为"天台二娥"，赋云："天台二娥，宫亭双媛。"后因诗、词、曲、杂剧等文学样式取代了赋，故刘阮传说入赋相对较少。

清潘肇封《桃源赋（并序）》：

客有自剡中来者，闻台岳之名胜，慕桃源之仙阜，企足于天姥之岭，访道于新丰之口。溯花坞而前征，瞻云峰而翘首。忽遇作赋之兴公，拉作同游之佳偶。业备嘉肴，已携旨酒。洗砚于渊，缚毫如帚，跪而致词曰："愿公其为我赋之，维公亦首肯而不知否否也！"赋曰：

迥载福地，三绝名山。伊此桃源，峣窕湾环。安期遁迹，羡门往还。洞尸寂而春闺，玉树秀而神闲。别有天地，殆非人间。当夫青阳司令，羲和东向，暄风飘拂，山光骀宕。绿苔始生，碧草新放。夭桃舞兮婀娜，春水生兮瑶漾。时则吐紫萼，发红葩，缤纷馥郁，隐蔼欹斜，千行文锦，一簇绛纱。横数寻之碧嶂，袤天半之朱霞。玉泉烟兮潺湲，洒遍落英之径　浓蕊繁兮灼烁，飞为逐浪之花。可以策筇杖，上丹梯，荒榛缭绕，仄径东西。

步深溪兮曲曲，视春草兮萋萋。水或隐现，花则蓊翳。当好风之飒至，值春禽之昼啼。铺轵茵而憩息，看珠箔之垂低。惹闲云于岭峤，聆清韵于翠微。人逾时以化碧，路将归而已迷。觉千态而万状，香杳测其端倪。

闻有苈老遗民，葆真上士，携药笼，渡碧水，穿绿萝兮采灵芝，过金桥兮拾芳芷。经盘谷之萦纡，讶幽香之披靡。中有蓬岛丽姝，瑶宫处子。卮徙倚于花间，赤眆睐于水涘。相与进胡麻之饭，酌元王之髓；咏邂逅之风谣，畅幽元之妙旨。方曲指才七日，忽还家而已数纪也。

他如洛阳少年，邯郸游人，姿本市井，意染嚣尘，虽入桃花之坞，言游洧之滨。青鸾引避，赤鲤沉沦；叹凌波之莫睹，欲解佩而无因。信心灵之窟宅，端末许浅人之问津也。

赋毕，乃周回咏颂，喟然兴叹曰："至矣，桃源！是诚谢公蜡屐之所不能，同李侯咏魂之所未及，梦也！"握别言旋，游缰可控。容乃纳棕鞋，携酒瓮，目极夫云水之隈，神留乎桃源之洞。行行且止，忽素月之将临，觉夕阳之可送。

清李鸿章《天台仙子送刘晨阮肇还乡赋》：

开浓华兮春一色，翻锦浪兮水三篙。有仙姬兮向长途而饯别，送才郎兮返故乡而遨游。料青袍之合卺兮，合而不散；何赤绳之系足兮，系而不牢。斟露液以盟心兮，离情脉脉；奏云敖而泻恨兮，絮语叨叨。恨锁蛾眉兮，烟迷绿柳；泪流满面兮，雨湿红桃。

其刘阮之到天台也，云穿几叠，路转三岔。隔溶溶之一水，有袅袅之双娃。眉如扫黛，鬓似堆鸦。寒暄偶叙，情义交加，我见犹怜。携手而偕来洞口，相窥以笑，牵裙裾而同到仙家。比对对鸳鸯，原非幻境，拟双双蝴蝶，不是虚花。

尤是，入其仙境，乐以忘忧。眷属则若姐若妹，姨婿则为阮为刘。缘是仙缘，笑而凡人难到；遇真奇遇，亏他前世能修。享此清福，可赋白头。共结丝罗，自必是天长地久，同偕琴瑟，应不致云散风流。

无奈，骨肉愁肠，情牵梓里，决意难留，归期甚迩。也知妾貌本如花，怎奈郎心薄似纸。于焉驾征车，于焉整行李。欢情自此终，愁绪从今起。荒村雨露，慎勿迟眠，野店风霜，何妨晏起，自去扶持，人谁料理。君其恋我，凭此赤心，我若忘君，犹如白水。

君车就道，妾梦随夫。流水易迷，须记者番道路；桃花无恙，休忘此日妾奴。若过蓝桥，再吃几杯浆否？倘逢青鸟，肯传一纸书乎？梦里关山，终若无而若有；幻中情事，亦疑有而疑无。

想见，愁绪硅删，情根莫铲。洞则封以青岚，门则关以白板。略无情绪，歇绝管弦。空结愁肠，模糊泪眼。翠翘慵整，轻抛白玉之簪，绿酒难消，怕举红罗之盏。羡天孙之有幸，相逢之日月无休，恨我辈之无缘，良吾之姻缘有限。

无奈，雪迷鸿爪，当年之陈迹荒凉。红树青山，此日之风光凄绝！不无花草，汪自芬芳；仅有烟霞，为谁点缀？早知今日难逢，反恨当年轻别。

于是，不弔则鸣，援笔而为之歌曰：怪煞仙姬枉送迎，赚他刘阮念卿卿，如何兵到天台上，冷落无人但鸟声。山寂寞，水澄清，满船空载月光明，刘晨阮肇情痴而，到底仙姬太无情？

［叁］刘阮传说与戏剧

金代有无名氏院本《入桃源》，惜已失传。

元、明是杂剧的黄金期，刘阮传说也成为杂剧家热衷的题材，有多部以刘阮入山采药为主题的杂剧，较为著名的有元代马致远

《刘阮误入桃源洞》（一作《晋刘阮误入桃源》，仅存残文）、汪元亨《桃源洞》（又名《二人误入武陵溪，刘晨阮肇桃源洞》）、陈伯将《晋刘阮误入桃源》、王子一《刘晨阮肇误入桃源》。明传奇有吴麒《天台梦》（已佚），明末清初戏曲家袁晋有《长生乐》（已佚），清张匀有《长生乐》。

马致远《刘阮误入桃源洞》第四折"双调·收尾"：

> 筵前一派仙音动，摆列着玉女金童。
> 脱离了尘缘凡想赴瑶宫，谁想采药天台遇仙种！

马致远还有《南吕·四块玉·天台路》小令一首：

> 采药童，乘鸾客。怨感刘郎下天台，春风再到人何在？桃花又不见开。命薄的穷秀才，谁教你回去来？

在不以刘阮传说为主要故事情节的戏剧中，唱词也常提到"刘阮入天台"典故。

孔尚任《桃花扇》第二出"传歌"：

> 配他公子千金体，年年不放阮郎归。

第六出"眠香"：

天台岫，逢阮刘，真佳偶。

第三十九出"柩真"：

看这万叠云白罩青松，原是俺天台洞。

阮大铖《燕子笺》第九出：

莫不是谎天台，刘阮情，莫不是暂离了倩女魂。

汤显祖《牡丹亭》第十出"游园惊梦"：

一径落花随水入，今朝阮肇到天台。

第三十六出'婚走"：

不是天台，怎风度娇音隔院猜？

第四十八出"遇母"：

桃树巧逢前度客，翠烟真是再来人。

王实甫《西厢记》第四本"草桥店梦西厢"第一折：

我这里软玉温香抱满怀。呀，阮肇到天台，春至人间花弄色。将柳腰款摆，花心轻拆，露滴牡丹开。

许自昌《水浒记》第三出"冥感"：

我对你说，刘郎幸啜胡麻饭，仙子难邀桑濮期。

第二十一出"野合"：

昨日呵，被洞口花相笑，笑我路入天台，棹阻藤梢。

陈与郊《灵宝刀》第二十五出：

你夫妇团圆，都在俺兄弟身上，天台只管遣刘郎到。

吴炳《绿牡丹》第十三出"疑貌"：

错认阮郎归，桃源竟非是。

谷子敬《吕洞宾三度城南柳》第二折：

恰便似汉刘郎误访桃源洞，奈惜花人有信难通。

《刘晨阮肇误入桃源》，王子一撰于元末明初，写东汉人刘晨、阮肇因天下大乱，不愿为官，入山采药，遇仙女结为夫妇的故事。文辞上出神入化，思想上倾向于"有道则出，无道则隐"。故事中增添了奉命下界"纠察人间善恶"的太白金星，还有土地爷，仙女是紫霄仙下谪入世，刘阮从采药迷路变成太白金星以道术使其迷路、进入桃源洞，与仙女"完结了百年伉俪"；但刘阮二人尘缘未绝，半年后辞仙女回家，人间已过三世，刘阮看透尘世，重返桃源洞，在太白金星的帮助下，刘阮与仙女结成神仙眷侣，后赴蓬莱复归仙位。

王子一将仙女写成"谪仙"，因凡心偶动即降谪尘寰，可见当时对女子约束严厉。作者只好让太白金星作为月老帮助他们完婚，并使之出世超凡，故事便成了神仙道化剧。剧本通过对仙女"谪仙"身份的强调、对刘阮与仙女团聚等方面的改造，维护了女子的贞洁形象，也反映了道教在修道成仙的终极目标下，以儒家伦理道德来规范对长生、自然、任性之追求的努力。该剧从艺术上看是对元之前刘阮传说的集大成之作，吸收和改编了许多诗词歌曲，又加以拓展铺写，并发挥想象，增加人物，变更情节，改刘阮与仙女分离为大团圆结局，使其终成正果，描画出刘阮与仙女的爱情美。

清代张匀的《长生乐》人物增加，情节复杂。剧中二仙为武夷太姆之女，刘阮也系上仙转世。刘阮与二仙有六日姻缘，故天台山山神用缩地神杖把他们幻入桃源洞，逗留六日后求归，临别时仙女送仙药。刘阮返乡时，人间已经过了六十年，刘阮儿孙也出将入相了，刘晨遂将仙药献给晋天子，晋天子得以长生。

民国初年编印的《京剧戏考》第二十七册中录有剧本《长生乐》，作者不详。该剧只叙刘晨，未及阮肇，故事情节很简单。刘晨归来，遇见家人康宁，上前相认，康宁不信主人七十余年后仍然是白面书生，刘晨以玉虎坠为证，主仆相认，回家与妻子（即老旦演的太夫人）、儿子、孙子、曾孙相见。刘晨又主持了老仆人康宁和荣庆的婚礼，接着上朝献丹展帕。老皇帝也一百岁了，刘晨献丹展帕后复回仙山修炼，皇帝大排筵宴，为其钱行。这出戏经常作为喜庆戏上演。

杭中逸叟原词、钱黎民补填的说唱本《桃源洞》（原名《来生福》）刊于清顺治、康熙年间，1989年由黑龙江出版社出版，在中国说唱文学中占有一定的地位。

[肆] 刘阮传说与小说

魏晋南北朝时期出现了大量志怪小说，许多作品具有抒情写意的诗化特征。刘义庆《幽明录》中刘晨、阮肇入天台山遇仙女的故事广为流传，从唐代的志怪小说到明吴承恩的《西游记》、清曹雪芹的《红楼梦》、蒲松龄的《聊斋志异》，其中都有刘阮天台遇仙的印迹。

《西游记》第六十回《牛魔王罢战赴华筵　孙行者二调芭蕉扇》：

烟霞笼远岫，日月照云屏。龙吟虎啸，鹤唳莺鸣。一片清幽真可爱，琪花瑶草景常明。不亚天台仙洞，胜如海上蓬瀛。

《西游记》第七十三回《情因旧恨生灾毒　心主遭魔幸破光》：

山环楼阁，溪绕亭台。门前杂树密森森，宅外野花香艳艳。柳间栖白鹭，浑如烟里玉无瑕；桃内啭黄莺，却似火中金有色。双双野鹿，忘情闲踏绿莎茵；对对山禽，飞语高鸣红树杪。真如刘阮天台洞，不亚神仙阆苑家。

凌濛初《二刻拍案惊奇》卷十四《赵县君乔送黄柑　吴宣教干偿白镪》：

尽道陷人无底洞，谁知洞口赚刘郎。

《二刻拍案惊奇》卷二十九《赠芝麻识破假形　撷草药巧谐真偶》：

蒋生听罢，真个如饥得食，如渴得浆，宛如刘阮入天台，下界凡夫得遇仙子，快哉僥幸，难以言喻。

詹詹外史《情史》：

朱砂颜色瓣重台，曾是刘晨旧看来。

《中国古代孤本小说集·〈三妙传锦·白生琼姐佳会〉》：

问予二人其何若兮，拟桃源之遇刘。

佚名《粉妆楼全传》第十四回《祁子富带女过活　赛元坛探母闻凶》：

昨夜仰瞻月下，不啻天台，想琼枝，定不容凡夫攀折。

《红楼梦》第一百零八回《强欢笑蘅芜庆生辰　死缠绵潇湘闻鬼哭》：

> 贾母点点头儿道："将谓偷闲学少年。"说完，骰盆过到李纹，便掷了两个四两个二。鸳鸯说："也有名了，这叫作'刘阮入天台'。"李纹便接着说了个"二士入桃源"。下手儿便是李纨，说道："寻得桃源好避秦。"大家又喝了一口。

《聊斋志异·翩翩》：

> 异史氏曰：翩翩、花城，殆仙者耶？餐叶衣云，何其怪也！然帏幄诽谚，押寝生雏，亦复何殊于人世，山中十五载，虽无人民城郭之异；而云迷洞口，无迹可寻，睹其景况，真刘阮返棹时矣。

[伍] 刘阮传说与游记

刘阮传说进入游记，最早可追溯至唐代高道徐灵府。徐灵府，号默希子、钱塘（今浙江杭州）临安人，唐元和十年（815）至天台山桐柏宫，曾结庐于方瀛山十余年，其《天台山记》云：

> 天姥峰有石桥，以天台相连，石壁上有刊字，科斗之文，高邈不

可寻觅。春月醮者,闻笳箫鼓之声。宋元嘉中,台遣画工匠,写山状于圆扇,以标橱灵异,即夏禹时刘阮二人采药遇仙之所也。古之剡人刘晨、阮肇入山遇仙于此,其事亦具在本传。

徐灵府把刘阮入山的时代记到夏禹之时,往前推了几千年。宋郑至道《刘阮洞记》:

　　刘阮洞其传久矣,余窃邑于此,访于故老,往往不知其所在。比按图得之,以询护国寺僧介丰,乃曰:洞居寺之东北二里,斜行山谷,隐于榛莽间,人迹罕及,景祐中,先师明照大师尝采药,见桥跨水,光彩眩目,二女未笄,戏于水上,如刘阮所见,此水仙之洞府也。元祐二年春,乃凿山开道,立亭于其上。环亭夹道,植桃数百本,所以追遗迹、继故事也。

　　越明年,三月十日丁丑,寺僧报桃花盛开,并以其景物之盛求名焉。余率县尉缙云郭仪彦文、监征开封曹宗得之来游,而黄岩主簿西安王沔之彦楚与其弟宣德郎知金华县事汉之彦昭继至,乃相与幅巾杖藜,徜徉行歌,沿涧而上,观绿波之涟漪,听寒音之潺湲。微风过之,余音清远,飘飘然犹锵佩环而朝玉阙也,遂名之曰"鸣玉涧"。涧之东有坞,植桃数畦,花光射日,落英缤纷,点缀芳草,流红缥缈,随水而下,此昔人食桃轻举之地也,遂名之曰"桃花坞"。自坞以北行数百步，攒峰叠翠，左右回拥，中有涧流，随山曲折，而游人之道从之，及水穷而道尽，则有潭，清澈渊澄，可鉴毛发，群山倒影，浮碧摇荡。中有洞门，潜通山底，其深不测，虽淫霖暴注而不盈，大旱焦山而不涸，此寺僧见金桥之地也，遂名之曰"金桥潭"。潭之南浒，水浅见沙，中有磐石三，不没水者数寸，可坐以饮，自上流杯盘，随流荡漾，必经三石之间，俯而掇之，如在几案，此群仙会饮之地也，遂名之曰"会仙石"。指石之端，仰而视之，三峰鼎峙，峻极云汉，寒光袭人，虚碧相映，危崖落花，红雨散乱。其东峰则孤危峭拔，仪状奇伟，上有双石，如绾鬟髻，遂名之曰"双女峰"；其西峰则壁立千寻，上连巨岳，朝阳方升，先得清照，遂名之曰"迎阳峰"；其中峰则居中处尊，以双女、迎阳为之辅翼，群山之翠，合而有之，遂名之曰"合翠峰"。三峰之间，木麓疏旷，草石瑰异，左连琼台双阙之山，右接石桥合涧之水，采芝茹木，撷翠佩芳，杖履轻而白云随，笑语高而山谷应，翛然而往，直欲跨双凫、御清风，逍遥乎不死之乡，而不知尘境之卑窳、涉世之有累也，遂名之曰"迷仙坞"。自坞以出，至于迎阳峰之下，有巨石偃于山腹，广袤数丈，寺僧因石址结亭于其上，画楠雕楹，翚飞鸟革，前临清泚，瓦影浮动，鱼跳圆波，光弄樽俎，浮杯之迹，顾指在目，遂名之曰"浮杯亭"。

是日也，天气清明，东风和畅，岩端过雨，疏云漏日，余与诸君携茵席，挈壶觞，上登崔嵬，下弄清浅，流觞藉草，惟兴所适，山肴野薪，具于临时。脍灵溪之鳞，茹金庭之蕨，无备具之劳也。挂衣长松，落帽幽石，带慵则披衣，履倦则跣足，解巾漉酒，玉山自颓，无衣冠之束也。意所欲饮，命樽注之，一引而尽，量穷则止，无钟鼓之节也。酒酣浩歌，声振林木，音无宫商，惟意所发，樵夫牧厮为之扪高崖，履危石，荷柯倚策而视之，彼乌知其非刘氏之子、阮氏之孙，厌洞府之未广，而复为山间之游乎？既而夕阳西倾，暮烟四塞，洞天之景，恍若失之，于是寻云路，骋归骖，松月照人，金影破碎，遥闻鸡犬，乃悟人间，诸君皆遽然而惊，相顾而语，疑夫林谷之更变，而子孙之迁易也。

时郭彦文立马谓余言曰：数千百年湮没之迹，自公发之，今日胜游之乐，可无文以记之乎？余病夫山水清而文辞俗，景物富而才思穷，不能尽洞中之幽趣，固辞而不获免，乃书其所见之实，以塞来命。若夫写难名之象，发不尽之意，则诸君之新辞雅咏在焉，非余所能道也。

明永乐十五年（1417）五月，江苏丹阳人张存游览天台山，写下游记数篇。其中《游采烟次桃源记》云：

或曰：按桃源洞在天台护国寺东北二里，隐于山谷间。昔宋景祐中有僧明照入山，采药至一潭，水色澄澈，中有洞门潜通山底，其深不测。欻见金桥跨水，二女未笄，戏于水上，如刘阮所见，此水仙之洞府也。元祐二年，邑令郑至道闻之，往游焉。即其境物之胜，名其洞曰鸣玉，石曰会仙，潭曰金桥，峰曰双女、迎阳、合翠，坞曰桃花、迷仙，亭曰浮杯。事见县志。

游记末尾对桃源遇仙提出质疑，认为世上桃源皆不可信。

明嘉靖年间，浙江巡抚阮鹗有《刘阮洞记》，文字不多，骈赋结合，极富传奇性。记云：

春霁，亏惆怅溪。溪之峰峻极于天，昔刘阮采药处也。忽二生从溪来，青衿飘风，且行且歌，宛有仙相。其歌系曹唐所拟《仙子送刘阮》诗，予笑曰："昔日之仙姬，今日其仙子乎？"二子默默，其情依依。

峰回路转，鸟语花飞，鹿呦呦而前导，云冉冉以沾衣。步欲上而反下，路将前而却回。农人耕于天际，木杪下于深溪。笑洞口之桃花，睡松下之希夷。黄石兮峻吾之骨，紫芝兮泽吾之肌，乾坤同吾之老，日月逝其如斯。

世路多歧，二生言归。留之不得，歌以赠之。

一歌曰：清风引佩入天台，二子相随去复来。惆怅欲期千载会，风云应为一时开。药如无病何须采，心已成丹自不回。此去好从仙侣去，莫教台鼎点成苔。

二歌曰：三峰遥望近天台，玉女翩翩何处来。瀑水远从双涧下，桃花笑倚洞门开。闲中日月从心转，海上风波抵掌回。欲语真丹人莫会，空余黄石缀苍苔。

二生不答。予曰："今日之仙子，昔日其仙姬乎？"歌将毕而山鸟应，袂甫分而洞云开。眷焉四顾，莫知其处。

明万历进士王士性游览桃源后，被山水风光所动，竟在桃源凿岩构室，开辟"俪仙馆"以居。其《游天台山记》云：

寻桃源，绣壁夹涧，岞崿而立，水流乱石间，声如环佩者。十里三折，乃至其奥。每折似堂皇扃户，不见去来，中有潭，清冽沁骨，名金桥。立潭边，仰望三峰如罨画，而东峰特秀。上有石如绾髻，名双女峰。昔人见双鬟戏水，或云其精灵所为。然蓬藋嵃岨，难于悬度。余乃于离别岩下凿石通道，构一室于洞口，为桃花坞，扁以"俪仙"。屋头种桃千树、茶十畦，买山田二十亩，计作菟裘。他日，二娥想当相俟于桃花碧落间也。

徐霞客于1613年五月、1632年四月二度游览桃源，谓桃源"涉目成赏"。《徐霞客游记》云：

自坪头潭行曲路中三十余里，渡溪入山。又四五里，山口渐夹，有馆曰桃花坞。循深潭而行，潭水澄碧，飞泉自上来注，为鸣玉涧。涧随山转，人随涧行。两旁山皆石骨，攒峦夹翠，涉目成赏，大抵胜在寒、明两岩间。涧穷路绝，一瀑从山坳泻下，势甚纵横。

十八日晨，急诣赶赴桃源。桃源在护国东二里，西去桐柏仅八里。昨游桐柏时，留为还登万年之道，故选寒、明。及抵护国，知其西有秀溪，由此入万年，更可收九里坑之胜，于是又特趋桃源。初由涧口入里许，得金桥潭。由此而上，两山愈束，翠壁穿崖，层累曲折，一溪介其中。溯之，三折而溪穷，瀑布数丈，由左崖泻溪中。余昔来瀑下，路穷莫可上，仰视穿崖北峙，溪左右双鬟诸峰娟娟攒立，岚翠交流，几不能去。今忽从右崖丛莽中，寻得石径层叠，遂不及呼仲昭，冒雨拨棘而上。磴级既尽，复叠石横栈，度崖之左，已出瀑上。更溯之入，直抵北岩下，蹊磴俱绝，两瀑自岩左右分道下。遥睇岩左犹有遗磴，从之，则向有累石为桥于左瀑上者，桥已中断，不能度。睇瀑之上流，从东北夹壁中来，止容一线，可践流而入。计其胜不若右岩之瀑，乃还，从大石间向西北上跻，抵峡窟下，得重潭甚厉，四面俱直薄峡底，无可缘陟。第从潭中西望，见石峡之内复有石峡，瀑布之上更悬瀑布，皆从西北杳冥中来，至此缤纷乱坠于回崖削壁之上，岚光掩映，石色欲飞。久之，还出层瀑下。仲昭以觅路未得，方独坐观瀑，遂同返护国。

之后，明代的蒋薰、王思任，清代的潘耒、齐周华等均有游记涉及桃源，桃源为更多人仰慕。

［陆］刘阮传说与民谣歌谣

流传于天台县、新昌县境内的关于刘阮传说的歌谣很多，有咏十二个月的长歌谣，也有说某一处、某一事、某一人的民谚，有的直接述说刘阮遇仙的爱情，也有的借刘阮传说讲生活哲理，言简意赅，而且全是方言唱韵，淳朴生动，极具乡土气息。

采药径

脚下真介有黄金，

两脚蹉出采药径。

北通桃源刘门山，

南面直通到华顶。

方圆地方几百里，

草药山珍采勿净。

卖药佬

愁溪坑边卖药佬，

祖师刘晨同阮肇。

传落神仙草药经，

哦拉眼睛特别好。

别侬当其路边草，

哦讲其是金银宝。

神仙眷属

正月梅花斗雪开，

桃源洞中仙女美，

千年修炼未婚配，

难怪其要下凡来。

二月杏花满山开，

刘晨阮肇采药来，

喜鹊枝头喳喳叫，

仙女想郎勿敢爱。

三月桃花朵朵红，

想叫刘阮进洞中，

只是说话难出口，

眼看桃花两爿开。

四月蔷薇开得齐，
情越深来越有义，
放阵白雾将郎迷，
要其自家进洞里。

五月石榴半丫开，
勿怪郎像呆蒲虫，
美满姻缘摆眼前，
还是一懂也勿懂。

六月荷花水上生，
仙女胆量涨三分，
溪坑漂去胡麻饭，
引得刘阮来洞厅。

七月凤仙花儿盛，
神仙情侣恩爱深，
女唱神曲男弹琴，
似胶似漆两相亲。

八月桂花黄又黄，
刘郎染病心着慌，
亏得洞中有草药，
百病消散一茶汤。

九月菊花闪金光，
床头情话讲得爽，
只嫌相见时太迟，
神仙勿生小儿郎。

十月红叶夹头飞，
步门勿出坐洞里，
只怕刘阮想归去，
好菜好饭宽待其。

十一月里北风起，
两只雁儿并头飞，
一鸣一叫相响应，
好像刘阮共仙妻。

十二月里想家里，

仙妻送郎惆怅溪，

明年正月一十七，

望郎重到相思地。

刘阮怀念仙妻

正月蜡梅白带红，

仙子独宿桃源洞，

雪白皮肤惹人爱，

悔不该硬回红尘中。

二月杏花满树生，

杏花哪有桃花俊，

绡衣裙，黑亮头发脸白净，

真悔恨，自敲自噶硬头颈。

三月桃花真介开，

恐怕仙子自会来，

日盼夜望眼珠吊，

花仙偏生勿理睬。

四月蔷薇开下畈，

气得敲碎铺木板，

兄弟挽手同出门，

双双共上刘门山。

五月石榴开四爿，

惆怅溪无胡麻饭，

爬山越爬心越烦，

拨云尖上受孤单。

六月荷花深山无，

干粮食完嚼野茶，

两脚酸痛软无力，

哪侬晓得刘阮苦。

七月杜鹃草丛藏，

蛤蟆尖登好凄惶，

分开容易再见难，

手脚落地下山岗。

八月桂花黄得惨，

刘阮恐怕仙缘断，

无奈爬上芭蕉山，

站立岩崖跳龙潭。

只听背后一声喊，

仙子出手救刘阮，

双双牵扯回洞中，

原来仙缘无有断。

九月菊花逢重阳，

仙子刘阮心悲伤，

鸳鸯拆散真介苦，

害得仙子勿梳妆。

十月芙蓉开得齐，

两男两女食补食，

灵芝草，仙炉丹，

一日三餐和饭吃。

十一月，雪花飞，

有情仙侣添衣被，

五颜六色样样有，

天姥娘娘来贺喜。

十二月凤凰锦鸡啼，

才晓得夫妻和合是福气，

只愿千年万年共相守，

勿作劳燕南北飞。

采药苦

刘晨阮肇采药苦，

常要钻洞填葫芦，

蛤蟆蕲蛇搭壁虎，

以毒攻毒好猛咕。

会仙歌

刘阮采药进佗山，

白雾遮路真犯关，

肚皮瘪瘪眼睛花，

茶叶抓来当夜饭。

两个仙女笑嘻嘻，

打开洞门摆酒盏，

接到房里婚嫁谈，

马上拜堂姥姥岩。

[柒] 刘阮传说与工艺美术

关于刘阮传说的绘画作品始见于何时不可考。明万历二十八年（1600）初刻之《列仙全传》版画，即收有刘阮形象，所画人物挎篮内满盛灵芝，为当时流行风尚之一瞥。仙女是古代仕女画绝佳的表现对象，桃源也是山水画极富表现力的素材，因此，不少画家以此传说为题材，演绎这一经典爱情神话。

一、以刘阮传说为题材的绘画作品

以刘阮传说为题材的著名绘画作品有元代赵苍云纸本水墨《刘晨阮肇入天台山图》，明代丁云鹏《天台刘阮图》，清代沈宗骞《天台采药图》、改琦《刘阮天台图》、黄山寿《刘阮采药》，近代沈燧《天台仙境》、叶曼叔《天台春晓》，当代李耕《天台采芝图》等。

赵苍云《刘晨阮肇入天台山图》是有据可查最早的表现刘阮遇仙传说的画作。此图长561.34厘米，宽22.5厘米，由十个画面组成，描绘了刘晨、阮肇入天台山遇仙的故事。原画现藏美国大都会艺术博物馆。在题跋中，元人华幼武写道："苍云山人，本赵宋宗室。高奇嗜酒，绘事入神。山水横放，大都仿没骨图，而生动过之。人物工致，别有姿韵，世不多见。所作刘阮天台图，意境萧散，神趣闲逸，曹衣吴带，设色妍妙，有诸家所不能及者。窃意刘阮未必非乌有子虚，唐人云：'仙姝宜属魅界。'但得此墨妙，觉灵山俨然，西园犹在，展卷不知身在桃云柳浪、清风红日间也。苍云早岁，名在子昂、子固之上，不婚不宦，每隐于山林湖舫，虽亲串无从踪迹，世人得其片幅，几如拱璧，此其匠心运意，备极惨淡，当不能有二也。"

《桃源春晓图》，作者商琦（？—1324），字德符，号寿岩，曹州济阴（今山东菏泽）人，擅画山水，声誉于时，与高克恭、赵孟𫖯并称"元初三杰"。赵孟𫖯有《题商琦桃源春晓图》诗。

《双松图》，作者项可立，元末画家。元人柳贯有题项可立《双松图》"采药天台能事在，故应添著负苓翁"之句，推测此画中当有刘阮采药图景。

《天台桃源图》，未知作者姓氏。元陈旅有《题天台桃源图》诗云："天台一溪绿周遭，溪南溪北都种桃。东风吹花开复落，游人不来春水高。钱塘道士张彦辅，画图送得刘郎去。昨夜神鹄海上来，涧里胡麻欲成树。"未知此画是否为陈旅本人所作。

《桃花山水图》，未知作者姓氏。元纳延有《桃花山水图为桃源屠启明题》诗。纳延（1309—1368），字易之，汉姓马，西域合鲁部

赵苍云《刘晨阮肇入天台山图》

人，后居浙江鄞县。

《天台刘阮图》，作者明代唐肃（1318？—1371？），字虔敬，号丹峰，山阴（今浙江绍兴）人，擅长书画，著有《丹崖画谱》。

《桃源图》，未知作者姓氏，为元明之际阮自华所藏。

《刘阮遇仙图》，未知作者姓氏。程敏政有《刘阮遇仙图为杨克敬通政赋》。程敏政（1446—1499），字克勤，号篁墩，南直隶徽州人，卒赠礼部尚书。此诗七言，共九十八句，为赋写刘阮遇仙或桃源遇仙诗歌最长者。

《刘阮遇仙图》，未知作者姓氏。元末明初金华人叶颙有《刘阮遇仙图》诗，该诗是否与程敏政题在同一幅画上，不得而知。

《刘阮天台图》，作者文徵明（1470—1559），长洲（今江苏苏

丁云鹏《天台刘阮图》

州)人，明代著名画家，与沈周、唐寅、仇英合称"吴门四家"。

《刘阮天台图》，未知作者姓氏，明朱希周有《刘阮天台图》诗。

《桃源仙洞》扇画，作者陆治（1496—1576），字叔平，吴县（今江苏苏州）人，诗、书、画均有造诣。

《刘阮忆天台图》，作者徐渭（1521—1593），字文长，山阴（今浙江绍兴）人，是明清大写意画派的开山大师。

《刘阮忆天台图》，未知作者姓氏。徐庸有《题刘阮忆天台图》诗，很可能题在徐渭所作的《刘阮忆天台图》上。

《桃源图》，作者周文盛，明代画家，生卒年不详，有《桃源图》诗。

《天台刘阮图》，作者明代画家丁云鹏（1547—1628），字南羽，号圣华居士，安徽休宁人，以人物画著称，得唐吴道子法，善白描人物、山水、佛像，无不精妙。清弘历有《题丁云鹏天台刘阮图》诗。

《桃源图》，作者为清代画家刘六皆，生卒年不详。尤侗有《浪淘沙·题刘六皆桃源图》词。尤侗（1618—1704），字展成，号悔庵、三中子等，长洲（今江苏苏州）人，著名诗人、戏曲家。

《天台刘阮》，作者清代上官周（1665—1752），原名世显，字文佐，号竹庄，福建长汀南山官坊人。1711年作《高士》册页十二帧（十二开），其中第七幅为"赤城霞绮散，仙馔荐胡麻。天台刘阮"。

《台山八景》，作者清代汪霖，字雨亭，天台人，以诗画名，兼工篆刻。此八景画作中有《桃源》一幅。齐召南有《题汪霖台山八景并序》。

《天台采药图》，作者清代沈宗骞（1736—1820），字熙远，号芥舟，浙江湖州人，画山水、人物，无不精妙。此图作于1782年，立轴设色纸本，款识："蓝桥何处看茫茫，满洞春光好护藏。一被桃花随落涧，却教流去赚仙郎。仙郎有伴好寻源，度得山梁合遇仙。云幕霞帘春昼永，山中一日世千年。壬寅中秋芥舟沈宗骞。"

《刘阮天台图》，作者清代改琦（1773—1828），字伯韫，号香白，松

沈宗骞《天台采药图》

改琦《刘阮天台图》

陈省钦《天台八景图·桃源春晓》

黄山寿《刘阮采药》

江（今上海）人，宗法华喦，喜用兰叶描，创立仕女画新体格，时人称为"改派"。此图立轴设色纸本，题识"刘阮天台，伯韫甫改琦写"，钤印"玉壶外史"。

《天台八景图》，作者清代陈省钦（1821—1871），字赓廷，号宋仁，天台人。八景中有"桃源春晓"一景。

《刘阮采药》，作者黄山寿（1855—1919），字旭初，晚号旭迟老人，江苏武进人。一生志于书画，善画人物、山水、花卉、走兽，尤擅画墨龙。

《刘阮采药图》，作者潘振镛（1852—1921），字承伯，号亚笙，别署冰壶琴主，浙江嘉兴人，尤工人物仕女，晚清海派六十家之一。

《天台仙境》，作者沈燧（1891—1932），字馥岩，号丹秋，浙江嘉兴人，出身书画世家，是晚清著名工笔仕女画家。此图款识"天台仙境　乙酉春初拟玉壶外史笔法以应培余仁兄鉴家清属并

沈燧《天台仙境》　　　　　　　叶曼叔《天台春晓》

希正之　　馥岩沈燧作鸳鸯湖上"。

《天台春晓》，作者叶曼叔（1899—1984），又作曼殊，上海人，善工笔花鸟、人物、山水，以仕女人物画为最佳。

《天台采芝图》，作者李耕（1885—1964），字砚农，号一琴道人、大帽山人等，福建仙游人，擅长古典人物、山水花鸟画，曾为人民大会堂绘制巨幅画屏。《天台采芝图》收入《中国现代山水画全集》。

《刘阮天台采药图》，作者黄羲（1899—1979），福建仙游人，原名文清，又名文倩，号大蜚山人，是当代著名古典人物画大师。此图为1960年所作。

在民间廊画、壁画中，刘阮遇仙故事也很常见，最著名的是北京颐和园长廊彩画故事第三十九"刘阮遇仙"。当代油画家刘文进创作了油画《刘阮遇仙》。

二、以刘阮传说为题材的工艺品

刘阮传说也是古代工匠常用题材，乡间民居中，木花窗、石漏窗上雕有两男两女相爱的图案，便是刘阮遇仙。以刘阮传说为题材的工艺品，包括竹雕、木雕、玉雕等，人仙结缘的爱情故事富有美好吉祥的意味，故在民间也极受欢迎。

李耕《天台采芝图》

1966年，上海宝山县明代朱守城夫妇墓中出土《刘阮入天台》

明代竹刻香筒《刘阮上天台》　　明末清初竹雕笔筒《刘阮遇仙图》

竹雕香筒。制作者朱缨，字清甫，号小松，嘉定（今上海）人。香筒高16.5厘米，径3.7厘米。长松之下，一男子与女子对弈，另一男子居中观棋；松后洞门半开，门额刻阴文"天台"两字；洞门前一女子手执蕉扇，俯视驯鹿及仙鹤。作品以浮雕、镂雕、留青等多种技法表现刘阮入天台遇仙的故事，被誉为"竹刻无上精品"。

清乾隆年间竹雕笔筒《刘阮入天台》亦是竹雕艺术之佳作。笔筒外壁采用浅浮雕、高浮雕等多种技法，雕刻山石通灵、老松盘

明崇祯年间青花瓷纹香炉《刘阮入天台》

清乾隆年间善竹坊制作的竹雕笔筒《刘阮入
天台》

清康熙年间青花碗《刘阮入天台》

清木嵌螺钿《刘阮入天台》

曲，山腰处刘晨、阮肇提篮采芝，行于山路之上，相互私语，高处翠柏深密，两位仙女凭石而望，一旁高山流水，垂崖浮云，自然仙境跃然而出。

清代刺绣作品《刘阮入天台》长156.6厘米、宽41.1厘米，画面表现刘阮二人在一采药美妇指引下，步入长松翠岩、云水苍茫之仙境，云崖高处，二仙姝并肩伫立而待佳客，姿容曼妙，秋水盈盈。画面上方墨丝绣行书"种玉云边松未老，采芝石上鹿初眠"。作品现藏上海博物馆。

木制嵌象牙雕砚屏《刘晨阮肇天台采芝图》，屏背嵌饰象牙桃花图，与刘阮故事相合，深浅二色相互映托，别有意趣。

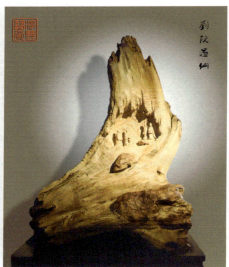

木制砚屏《刘晨阮肇天台采芝图》　　当代根雕《刘阮遇仙》

当代玉雕《刘阮洞中遇仙子》

当代玉雕《刘阮洞中遇仙子》为林金波作品。正面是刘晨与阮肇一人持斗笠、一人执药筐相对而语，上部二仙子身倚亭台，向下俯视，并有仙树葱葱、远山霭霭，表现了"玉沙瑶草连溪碧，流水桃花满涧香"的仙境。反面阴刻《全唐诗》中曹唐的《刘阮洞中遇仙子》。

古往今来，以刘阮遇仙故事描绘于碗、盘、茶壶、香炉等陶瓷品的，更是不胜枚举。

［捌］刘阮传说与民俗事象

一、庙会

在天台县，民间信俗与刘阮传说也有着深厚的渊源。琼台双阙下的刘阮庙建于北宋哲宗元祐二年（1087），"世传二仙所至，即其处"，是有记载的天台境内最早的刘阮庙，已圮。天台供奉刘阮的庙宇还有桃源溪口的俪仙馆、桃源道院（宋《嘉定赤城志》有记载），民国时天台老城小西门外有药王庙，该庙每年四月二十八有庙会。2004年出版的《天台山民俗风物》记载：

刘晨阮肇，剡溪（今浙江嵊州）人，《幽明录》称其汉晋时入天台山采药，在桃源遇见两仙女，结为秦晋之好。半年后返回故乡，已历七世，天台民间至今留有'刘阮遇仙'传说。宋元祐二年，邑令郑至道曾建刘阮庙于桃源溪口，元代至元年间，陈贯道又建桃源院，双阙下也有刘阮庙，今庙宇俱废，但民间对刘晨、阮肇的信仰依然存

天台县药王庙

在。……

药王庙，在县城小西门，建于清乾隆年间。民国六年（1917）社会筹资重修药王庙，中奉药王大帝神农像，旁坐药王孙思邈、韦慈藏，两侧粉墙列绘历代十大名医与刘阮遇仙、寒山拾得和合图，并整理庙前空地，修缮北端古戏台。翌年四月二十八神医诞辰，举行落成开光暨庙会，三天三夜演出《桃源遇仙》等戏曲。从此，每年四月二十八日都要举行庙会，由同寿堂、永年堂等药店轮流执祭，平时求医膜拜者络绎不绝，香火兴旺，抗战时冷落。

天台县俪山馆中的仙女与刘阮塑像

　　俪仙馆庙会。俪仙馆始建于明万历年间，始筑者为明代地理学家王士性。王士性（1547—1598），字恒叔，号太初，临海人，明万历五年进士，任礼科给事中。他一生游历天台山数次，著有游记《五岳游草》《入天台山志》等。晚年在桃源坑口筑俪仙馆，旁植桃种茶，购置田地。王士性去世后，多年无人居住，后改作桃源庵。明末，工部侍郎张文郁还乡，出资重修。20世纪80年代，上宝相村老人协会集资在俪仙馆遗址重建三间房，供奉刘晨、阮肇及二位仙女塑像，墙上悬挂刘阮桃源遇仙画像。农历每月初一、十五，均有百姓自发前来诵经拜忏。农历七月廿八日是俪仙馆庙会，四周百姓前来诵经，多

新昌县刘门坞村刘阮阁

新昌县刘门山村刘阮庙

以馒头为供品，并供有斋饭。

刘阮庙庙会。刘阮庙地处新昌县刘门山村，是天姥山一带最有影响的民间庙宇。相传刘阮二人在此遇仙，从剡溪回来后就在山上住了下来，后代繁衍 就是现在的刘门山村，村民全姓刘。每年农历八月十八、十九、二十要举行传统庙会。相传农历八月十八是刘晨的生日，又有一说是刘晨、阮肇归乡的日子，人们从四面八方赶来祭拜刘晨、阮肇和仙女，香火十分旺盛，戏台连演三天戏文。

阮庙庙会。阮庙地处嵊州三江街道的阮庙村，每年农历九月十一日举行庙会。相传这一天是阮肇的生日，人们来到庙里焚香祭拜，做经忏法会。

二、签诗

民间有在庙宇中"问筶""求签"的习俗，它是流传民间的占卜的特殊形式，可求子、求婚姻、求事业、求学业、求生意、求健康等等。其中常用到刘阮传说的典故，现录几首。

吕祖庙灵签"古人刘阮遇仙"：

十日坐，一日行；矶头有水，不碍利前程。问到如何境，刘阮天台不误人。

妈祖庙灵签"刘阮入天台"：

客来问访子如何，田可耕兮地可锄。耕下一年成就处，不如秋末即冬初。

观音庙灵签"刘晨遇仙":

一锄掘地要求泉，努力求之得最先。无意偶然遇知己，相逢携手上青天。

观音庙灵签"刘阮入天台":

云开雾罩山前路，万物圆中月再圆。若得诗书沉梦醒，贵人指引步天台。

签诗"误入天台":

误入天台亦幸回，欢浓谁遣子来归。寻盟却觅当时路，惟有杜鹃啼落晖。

琼台庙签诗"误入桃源":

误入桃源洞里中，烟霞云水游前红。刘郎未识正仙景，一出溪头路不通。

签诗"刘阮入天台"：

　　鸟语花香景色妍，天仙巧遇有奇缘。羞将丹桂赠尘客，始信嫦娥爱少年。

签诗"刘阮遇仙"：

　　水畔逢仙子，溪边路始通。桃花仙洞口，人在小桥东。

签诗"刘阮遇仙姑"：

　　造化胜如二月花，东风吹暖入人家。逢春老树多生意，节节枝枝尽发芽。

签诗"刘阮遇仙"：

　　山中快乐无穷尽，脱却凡尘总不知。刘阮采药遇仙姬，桃园洞里结夫妻。

三、刘阮传说与围棋

天台民间婚嫁有将围棋作为嫁妆的习俗，最早也是源自刘阮传说。相传，刘晨、阮肇与二仙女在桃源洞过着神仙一般的生活，每日在山水间采药，回到桃源洞，则在会仙石对弈。仙女有仙法，使刘晨、阮肇二人棋艺大进，也使围棋成为人仙爱情的重要载体。许多民间绘画、雕刻作品中，都有刘晨、阮肇与仙女下棋的情景。明代竹刻名家、"嘉定三朱"之一朱缨的竹雕香筒《刘阮入天台》，就表现了刘晨与仙女在桃源洞的松树下对弈、阮肇居中观棋的场景。明代诗人贡性有诗："松风流水声瑟瑟，桃花玉洞春漫漫。刘阮幸遇两仙子，月上对弈犹未残。"显然，"月上对弈"是刘阮与仙女爱情生活中必不可少的场景。

花下对弈

民间传说《棋女小巧》诠释了天台民间围棋作嫁妆的渊源。天台女子小巧去护国寺拜佛，遭到流氓的追堵，情急之下逃进刘阮遇仙的桃源坑，邂逅二仙女下棋，棋艺大进。小巧出嫁时，便要求将围棋作为嫁妆，并说：围棋的棋盘是方的，

"棋圣"聂卫平与天台棋手

天台县赤城三小举办围棋节

棋子是圆的，寓意做人要有方有圆，不可固执；棋盘是一个个方格，寓意做人要端端正正；棋子有黑有白，寓意对待善恶要黑白分明；围棋子很多，意为多子多福。父母一听有道理，就同意了。从此，天台的大户人家嫁女儿，常将围棋作为嫁妆。

围棋在天台、嵊州都有着深厚的历史，街头巷尾，院中檐下，一张小方桌，两条小板凳，或老或小，或男或女，下围棋的人随处可见，围棋名人和国手层出不穷。早在1945年，嵊州就举办了当时规模较大、有裁判、有记录、分轮次的正规围棋大赛。1988年，天台被国家体育委员会命名为全国第一个"围棋之乡"，并成功举办了全国第一个围棋节。1990年，嵊州也被国家体育委员会命名为"围棋之乡"。

四、刘阮传说与天台乌药

天台山是"弥山药草，满谷丹材"的人间仙境，天台乌药是天台山名贵的道地药材。相传刘晨、阮肇二人入天台山采药，采的就是天台乌药；二位仙女赠送刘阮的仙药，也是天台乌药。在民间，它被誉为"仙药""长生不老药"。

天台乌药

乌药，性温，有顺气、散寒、止痛之功效，全国乌药以天台为最佳。

天台山乌药有限公司生产的乌药黄精

李时珍《本草纲目》中记载："今台州、雷州、衡州皆有之，以天台者为胜……天台者白而虚软，并以八月采、根如车毂纹、形如连珠者佳。"自元始，天台乌药已被列为岁贡之物。据康熙《天台县志》载"元岁贡药珠乌药二十斤，明岁进药味乌药三十斛，岁办药材乌药三百斤。"民国时，老县城小西门重修药王庙，在开光祭祀仪式上，将天台乌药放在祭品的首位。

2005年，天台乌药被国家质量监督检验检疫总局批准实施国家原产地域产品保护（现国家地理标志产品保护）。2006年，天台县被国家林业局命名为"中国乌药之乡"。2018年，天台乌药入选浙江省新"浙八味"中药材。

五、刘阮传说的传承和发展

刘阮传说在民间属集体口耳传承，在浙江省天台县、新昌县、嵊州市以及余姚市、缙云县等地有着广泛的传承基础。近年来，当地文化部门和民间文学爱好者做了大量的传说搜集整理、编印出版工作，「桃源」成为美好人间的代名词。

五、刘阮传说的传承和发展

[壹] 刘阮传说在民间传承

　　刘阮传说在民间属集体口耳传承，在浙江省天台县、新昌县、嵊州市以及余姚市、缙云县等地有着广泛的传承基础。随着社会的发展，固有的传承环境发生变化，文化娱乐方式也逐渐改变，老一辈口述者相继离去后，刘阮传说受到冷落。2006年，天台县刘阮传说被列入首批台州市非物质文化遗产名录，2010年，被列入第三批浙江省非物质文化遗产名录，2014年，被列入第四批国家级非物质文化遗产名录；2009年，新昌县刘阮传说被列入第三批绍兴市非物质文化遗产名录，2012年，被列入第四批浙江省非物质文化遗产名录。2010年，新昌县将刘阮庙列为县文物保护单位。2015年，嵊州市将刘阮传说列入第六批绍兴市非物质文化遗产名录。2012年，嵊州市将阮庙列为市文物保护单位。

　　天台县的刘阮传说主要流传区域，为桃源周边的上宝相、下宝相、水磨岭、白岩等村，村民世居桃源附近，刘阮与仙女结缘的爱情传说也代代相传。

　　刘阮传说与其他地区的许多民间传说一样，其传承谱系并不很

省级非遗传承人张德兴（前排左四）向村民讲述刘阮传说

清晰，有的同辈相传，有的上代传下代。清末时，天台上宝相村较有影响的刘阮传说讲述者有张修节、张银道、张德育等人，今有张德兴、张兴和、张克忠、张声土、张宝庆、张兴祥、张兴法、张守炉、张德鉴等人。

刘阮传说主要传承人：

张德兴，男，1948年生，天台县白鹤镇上宝相村村民，小学文化程度，曾担任上宝相村村支部书记多年。他自小从父亲张银道那里听得刘阮传说，对这个发生在家乡桃源的故事十分喜爱，能说《刘阮采药》《桃源遇仙》《仙女送别》等。几十年来，他不断搜集刘阮传说，并组织村民配合县、镇的文化工作者采录刘阮传说。2009年，他被认定为浙江省非遗项目代表性传承人。

张兴和（前排右二）讲述桃源遇仙故事

张庆祥（前排右三）讲述刘阮传说

　　曹志天，男，1943年生，天台城关人，曾任教师、文化馆创作干部、文化局副局长等职，现系中国民间文艺家协会会员、浙江省民俗学会会员。他搜集天台民间文学作品多年，1979年在《天台山》发表《刘阮遇仙子》，在《民间文学》《上海故事》《东海》《西湖》《山海经》《浙江日报》等报章杂志发表民间故事上百篇。独著、合著有《济公传说》《小济公》《九龙造天台》《刘阮遇仙子》等。创作的民间故事《桃源洞》等获1979—1982年全国民间文学二等奖、荣誉奖。2011年，他被授予"天台县首席民间故事家"称号。

　　张兴和，男，1926年生，天台县白鹤镇上宝相村村民。他从小就在村里听人讲刘阮传说，对桃源坑的一石一水都十分熟悉，能说《金桥潭》《会仙石》《双女峰》等。

　　赵曦，男，1944年生，新昌县人，现为新昌县道家文化研究会副会长。多年来，他深入刘门山、刘门坞等村进行传说搜集工作，著有《刘阮遇仙传说与新昌刘门山》《新昌道教文化》等。2013年，他被认定为绍兴市非遗项目代表性传承人。

　　石永彬，男，1932年生，新昌县南明街道人，曾在天姥东麓中小学任教，后任戏曲编导。他与徐国铨一起搜集、整理了数万字的刘阮传说，以《天姥茶话》为题在《今日新昌》上陆续发表。

　　钱银永，男，1942年生，嵊州市阮庙村人，现为该村老人协会会长，能说刘阮传说一百多个，组织刘阮传说交流会。几十年来，他深

钱银永（前排左二）向众人讲述传说

入田野调查搜集关于刘阮的故事、民谣等。2016年，他被认定为绍兴市非遗项目代表性传承人。

[贰] 刘阮传说的搜集整理

在刘阮传说的主要发生地，天台县的历代文人都爱以这一传说为题材吟诗作画。20世纪80年代以来，天台民间文学爱好者深入乡村，搜集整理刘阮传说，《刘阮遇仙子》《刘阮遇仙》《桃源洞》等故事见诸《天台山》《山海经》《民间文学》等期刊，并出版了传说集。《中国民间故事集成》的普查和编撰工作启动后，更多的刘阮传说被发掘、采录，并收入《中国民间故事集成·天台县故事歌谣谚语卷》《浙江省民间文学集成·台州地区故事卷》和《中国民间故事集成·浙江卷》中。

一、刘阮传说的编印出版

1982年，天台县文化局编印《天台山民间故事》（录有《桃源洞》等）。1983年，《天台山遇仙记》由中国民间文艺出版社出版。1989年，《桃源洞》由黑龙江人民出版社出版。1991年，《浙江省民间文学集成·台州地区故事卷》（录有《刘晨阮肇入天台》等）出版。1993年，县

1979年第2期《天台山》刊登的《刘阮遇仙子》

文化局编印《天台山传说》（收录《桃源洞》等）。1999年，当地民间文学爱好者朱茂泉的《桃源仙缘——天台山传奇之一》由国际文化出版公司出版。2003年，天台县许攸的《桃源梦》由中国戏剧出版社出版，周荣初的《天台山传说》（录有《登仙台上瑶池》等）由浙江摄影出版社出版。2005年，王修坚的《天台遇仙记》由天马出版有限公司出版。2013年，天台县文化广电新闻出版局与新昌县文化广电新闻出版局组织人员对天台、新昌两地的刘阮传说进行搜集，从200多篇素材中整理出传说59篇、歌谣19则，编印了《刘阮传说》。

二、刘阮传说的学术研讨

刘阮传说是天台山文化的重要组成部分，1989年、1997年、

1982年，天台县文化局编印《天台山民间故事》

1983年，《天台山遇仙记》由中国民间文艺出版社出版

1989年，黑龙江人民出版社出版《桃源洞》

2003年，《桃源梦》由中国戏剧出版社出版

2005年,《天台遇仙记》出版

2013年,天台县文广新局、新昌县文广新局合编《刘阮传说》

2002年、2009年、2013年、2015年、2017年,天台山文化研究会先后举办了七届学术研讨会,收到较多关于刘阮传说文化内涵及文化价值的研究论文。较有影响的论文有天台当地著名学者许尚枢的《刘阮传说的源流和影响》(载《东南文化》1990年"天台山文化专刊"),华东师范大学哲学系教授、华东师范大学宗教文化中心主任刘仲宇的《刘晨阮肇入桃源故事的文化透视》(载《东南文化》2004年第一期),河南省许昌职业技术学院教授张兰花的《天台遇仙故事的流变及其文化意蕴》(收入2008年《天台山暨浙江区域道教国际学术研讨会论文集》),天台陈方标、周先岳的《刘、阮采药

刘仲宇的论文

遇仙考》（载《东南文化》2011年第五期）等。

2007年3月，天台县白鹤镇举办"刘阮传说保护传承研讨会"；2013年7月，白鹤镇天宫办事处召开了由上宝相村、下宝相村的20名传承人参加的"刘阮桃源遇仙传说保护与传承座谈会"；2013年9月，天台县文广新局与天台山文化研究会在卧龙山庄举办了由当地学者参加的"天台山遇仙传说保护传承研讨会"。

2017年5月，天台山文化研究会举办"刘阮传说保护研讨会"，邀请县内的20多位专家、学者，针对刘阮传说的现状以及今后的传承保护展开了热烈的研讨。2017年6月，白鹤镇人民政府在宝相村德贤书院举办"桃源文化研究座谈会"，邀请县内专家与白鹤镇学者一起，就刘阮传说的传承、保护与开发以及"桃源小镇"建设进行座谈。

三、涉及刘阮传说的诗集、文集

1980年，天台县文化局编印《天台山诗选》。1993年，周荣初编《天台山诗选》，收录长诗《桃源洞》。1998年，许尚枢编《天台山

2013年8月，天台县召开"刘阮桃源遇仙传说保护与传承座谈会"

2013年9月，天台县召开"天台山遇仙传说保护传承研讨会"

诗词曲赋选注附楹联》。2005年，许尚枢编撰《天台山诗联选注》。2014年，褚定济经多年整理，编撰《桃源古韵》，收录从唐代至近代的三百多位诗人创作的以刘阮传说为题材的诗词四百多首。

　　1991年编印的《天台风物》中录有《刘晨阮肇遇仙处：桃源》。

2017年5月，天台山文化研究会召开"刘阮传说保护研讨会"

2017年6月，白鹤镇举办"桃源文化研究座谈会"

2003年，褚定济著《仙境天台山》中录有《桃源说源》。2004年，天台县文联主编的《天台县文学作品集》选录《天台山遇仙记》；许尚枢编撰的《天台山名胜古迹》由西安地图出版社出版，书中录有《刘晨阮肇遇仙的桃源》。另外还有《乡情散记》（1990年编印）中的《刘阮洞》、《名山天台》（1990年出版）中的《桃源洞》、《天台山·白鹤专辑》（2007年出版）中的《桃源洞探秘》、《永远的天台乌药》（2008年出版）中的《两仙子天台赠乌药情动天地》、《神奇的天台山》（2009年出版）中的《凡夫仙女会天台》、《飞腾直欲天台去》（2010年出版）中的《雨髻风鬟洞口婷》、《仙鹤飞舞的地方》（2012年出版）中的《到桃源去》等。

四、刘阮传说的剧本创作

刘阮传说一直是天台当地民间戏剧的主要题材，民国时期，天台城内药王庙每年四月二十八庙会，都要上演《刘阮遇仙》这出戏。1979年，时任天台县越剧团编剧的张谷清根据传说创作了七场越剧《二度桃源》；1983年，天台县越剧团的王修坚根据传说编写剧本《桃源遇仙记》；1985年，天台县文化馆陈瑜编写剧本《桃源梦》，同年，天台县越剧团排演此剧，参加台州市戏剧节展演，受到好评。天台县业余作者陈国元以刘阮传说为题材，陆续创作了剧本《仙子情》《瑶池姻缘》《琼台情缘》。2016年7月，为利用当地特色文化资源，打造地域文化品牌，使刘阮传说融入更广阔的传播空间，天台

越剧《刘阮入天台》在乡村演出 天台县文化馆编排的舞蹈《桃源遇仙》

音乐剧《天台遇仙》剧照

县政府与浙江歌舞剧院共同投资打造大型音乐剧《天台遇仙》，演绎刘晨、阮肇与仙女感天动地的爱情故事，展现他们悬壶济世、为民造福的美好品德，并通过这一传说，展示天台山独特的人文景观和自然景观。

1993年，天台县人民西路与赤城路交叉口竖起了塑像《桃源双女》。像高3.5米，像座高1.9米，二位仙女高髻、宽领、广袖、长裙，一手相携，一手高扬，仪容端庄，凝视远方。塑像文字介绍："汉永平间，刻刘晨、阮肇入天台。至桃源，遇双女，于笙歌中巧成伉俪。半年后归里，亲旧零落，人间已经七世。再访旧地，桃花流水依然，而双女之风姿绰约，早渺无踪影。今塑像以志，愿天下有情人皆成眷属。"

　　天台山周边的百姓对刘阮遇仙的"桃源"情有独钟。天台县今有桃源景区、桃源社区、桃源路、桃源花苑小区、桃源春饭店、桃源桥等，新昌有桃源乡（今南明街道）、桃源村、桃源新村、桃源机械厂等，嵊州有桃源公社（今甘霖镇），余姚有桃源酒店，宁海有桃源街道、桃源中学，宁波市鄞州区有桃源乡、桃源桥、桃源溪、桃源书院等。"桃源"成为美好人间的代名词。

天台县城内的雕像《桃源双女》

主要参考文献

宋陈耆卿《嘉定赤城志》

南宋《剡录》

南宋《嘉泰会稽志》

明传灯《天台山方外志》

明万历《绍兴府志》

明万历《新昌县志》

清《天台山方外志要》

清《一统志·绍兴府》

明徐霞客《徐霞客游记》，万卷出版公司，2009年

《全唐诗》，中华书局，1960年

《全宋词》，中华书局，2009年

宋李昉等《太平广记》，中华书局，1961年

南朝宋刘义庆《幽明录》，文化艺术出版社，1988年

晋干宝、陶潜《搜神记·搜神后记》，上海古籍出版社，2012年

清《浙江通志》，中华书局，2001年

□嶙炳、杜璋吉《桃源乡志》，方志出版社，2006年

主要参考文献

新昌县志编纂委员会《新昌县志》，上海书店，1994年

天台县志编纂委员会《天台县志》，汉语大词典出版社，1995年

嵊县基本建设委员会《嵊县地名志》，1983年（编印）

新昌县地名志编委会《新昌县地名志》，哈尔滨地图出版社，2007年

天台县地名委员会办公室《天台地名志》，1987年（编印）

陈玮君《天台山遇仙记》，中国民间文艺出版社，1984年

周荣初《天台山诗选》，1993年（编印）

许尚枢《天台山名胜古迹》，西安地图出版社，2004年

褚定济《桃源古韵》，（香港）天马出版有限公司，2014年

后 记

  作为土生土长的天台人，我们对刘阮传说并不陌生，儿时常听长辈们讲起东汉年间发生于天台山的刘晨、阮肇遇仙传说。后来才知道，刘阮传说与牛郎织女、天仙配一样，都是中国最浪漫的人仙爱情故事。稍大一些，便与朋友结伴去桃源寻迹，聊一些关于刘阮遇仙的话题。我们来到桃源水磨岭村，从村民家中抬出长梯，攀登桃源洞；从桃源坑溯溪而上，猜测哪一块岩石是会仙石，哪一片水潭是金桥潭，哪一处山湾是迷仙坞，盼着与当年的刘晨、阮肇一样邂逅仙女。民间戏班常编排刘阮遇仙的戏文，在乡间演出。在石雕、木雕上，不经意间会看见两男两女厮守的图案，表现的就是刘阮遇仙的传说。

  自2006年刘阮传说列入台州市首批非物质文化遗产名录后，便开始了省级、国家级非物质文化遗产的申报工作，一直到2014年，刘阮传说被列为第四批国家级非物质文化遗产代表性项目，前后经历了九年。这期间，我们不断搜集、整理与传说相关的史料，不断充实刘阮传说的申报文本内容；不仅在本县搜集，还赴新昌刘门山、嵊州阮庙村、余姚四明山、宁波武陵山、缙云南宫山等地实地走访，得到许多珍贵的第一手资料。2013年，我们还与新昌县合作，组织人员赴乡间搜集资料，编印了《刘阮传说》。在不断搜集、积累资料的过程中，我们对刘阮传说流传的广泛性和蕴含其中的文化历史价值有了深刻的认识。刘阮传说是流传已久的人仙爱情故事，它的背后是百姓对美好爱情的向往、对人间真善美的向往。二位仙女和刘晨、阮肇身上有对爱情的坚贞不屈，更有悬壶济世的情怀，因其大恩大义而深受百姓爱戴。

此次我们在多年搜集、积累资料的基础上，根据丛书体例要求，对刘阮传说的渊源、发展、内容、特征、价值、影响、传承与发展等诸多方面进行阐述，力求全面系统、多角度、深层次地揭示刘阮传说的丰富内涵。由于水平有限，虽数易其稿，书稿还存在许多不足，敬请批评指正。

在本书编撰过程中，得到浙江省文化厅非遗处及天台县文广新局领导的指导和关心，浙江省文化馆研究馆员王全吉认真审稿并提出宝贵意见，天台县文联的蒋冰之提供照片，在此，我们一并致以真挚的谢意。

编著者

责任编辑：张　宇

装帧设计：薛　蔚

责任校对：高余朵

责任印制：朱圣学

装帧顾问：张　望

图书在版编目（ＣＩＰ）数据

天台刘阮传说 / 孙明辉, 徐永恩编著. -- 杭州：
浙江摄影出版社, 2019.6（2023.1重印）

（浙江省非物质文化遗产代表作丛书 / 褚子育总主编）

ISBN 978-7-5514-2464-6

Ⅰ.①天… Ⅱ.①孙… ②徐… Ⅲ.①民间故事—作品集—天台县 Ⅳ.①I277.3

中国版本图书馆CIP数据核字(2019)第098516号

TIANTAI LIURUAN CHUANSHUO

天台刘阮传说

孙明辉　　徐永恩　编著

全国百佳图书出版单位

浙江摄影出版社出版发行

地址：杭州市体育场路347号

邮编：310006

网址：www.photo.zjcb.com

制版：浙江新华图文制作有限公司

印刷：廊坊市印艺阁数字科技有限公司

开本：960mm×1270mm　1/32

印张：6.5

2019年6月第1版　　2023年1月第2次印刷

ISBN 978-7-5514-2464-6

定价：52.00元